성은이 냥극하옵니다

안전가옥 쇼-트 24

백승화 경장편

냥줍을 하였다 아뢰오

관광(觀光).

왕을 본다는 것은 곧 빛을 보는 것이었다. 선왕의 능으로 향하는 어가 행렬을 보기 위해 거리의 백성들이 구름처럼 모여들었다. 행렬을 인도하는 선상 군병이 선두에서 사람들 앞을 지나면, 두 마리의 용이 그려진 거대한 깃발 교룡기와 분위기를 돋우는 취타대가 어가의 출현을 알렸다. 마침내 여섯 겹의 호위에 둘러싸인 왕의 붉은 가마가 등장했다. 형형색색의 휘장에 가려진 노령의 왕.

훗날 숙종이라 불리게 되는 임금이었다.

행렬이 도착한 왕릉에서 엄숙하고 성대한 제례가 열렸다. 제사를 모시는 정자각(丁字閣)에서 임금이 첫 번째 술잔을 올렸다. 이어 두 번째 술잔을 올리기 위해 세자가 안으로 향할 때, 구석진 기둥 뒤에서 검고 붉은 무언가가 모습을 드러냈다.

독사였다.

"저, 저것!"

누군가 외쳤지만 악공들의 연주 소리에 가려져 주목받지 못했다. 독기가 잔뜩 오른 독사가 바닥을 쓸며 곧장 자신에게로 다가오자, 유약한 심성의 세자는 다리에 힘이 풀려 그 자리에 주저앉아 버렸다. 그제야 곳곳에서 짤막한 비명이 터져 나왔다. 무슨 상황인지 파악하지 못한 제관들은 우왕좌왕할 뿐이었다. 호위조차 자리하지 않은 곳에서 벌어진 일이었다. 쉬고 있던 임금은 소란스러운 기색에 휴식용 장막인 소차(小次) 밖으로 나왔다. 그사이에도 세자와 독사와의 거리는 점점 더 좁혀지고 있었다. 다급한 순간, 무언가가 뛰어 들어와 독사와 세자 사이를 가로막았다.

노란 털빛의 새끼 고양이였다.

독사는 머리를 꼿꼿이 세우고 자신의 앞을 막아선 이 겁 없는 새끼 고양이를 위협했지만, 새끼 고양이 또한 양 앞발을 번쩍 들고 맞섰다. 잠깐의 대치 형세는 신속히 달려온 호위 무장의 검에 독사가 두 동강이 나며 끝났다. 엄숙하고 경건해야 할 제례에서 벌어져선 안 될 소동이었다.

어수선한 가운데 새끼 고양이가 어딘가로 재빠른 발걸음을 옮겼다. 붙잡으려던 호위와 제관들 사이를 요리조리 피해 가더니, 임금에게로 향했다. 임금의 발 앞에 도착한 새끼 고양이는 제집을 찾은 듯 그 자리에 앉아 가만히 임금을 바라보았다. 임금이 허리를 숙여 새끼 고양이에게 손을 뻗으려 하자, 제례 도중에 금수를 만지시면 안 된다는 제관들의 염려가 곳곳에서 들렸다.

임금이 그들을 물리며 도리어 호통을 쳤다.

"한낱 금수라 하더라도 선왕의 묘소에서 나타나 세자를 봉변에서 구하였으니 어찌 가벼이 여길 수 있겠느냐?"

임금이 노란 털빛의 새끼 고양이를 주워 안았다. 품속의 고양이가 고개를 젖혀 올려다보았다.

"애옹."

내내 근엄하기만 하던 임금의 시선이 사랑에 빠진 반짝이는 눈빛으로 변했다.

"금손! 너는 이제부터 금손이다."

이른바 냥줍을 하게 된 것이었다.

"저기 있다! 저기!"

궐내의 일을 담당하는 궁인들은 어느새 성묘로 자라난 금손의 뒤꽁무니를 쫓아다니느라 오늘도 정신이 없었다. 아침에 눈을 뜨면 금손의 안부부터 묻곤 하는 임금께서 찾으시기 전에 몸을 단정히 해 두어야 하건만 쥐를 잡는답시고 먼지 구덩이로 들어가 버리질 않나, 출입해선 안 되는 궐내 곳곳을 제집처럼 드나들질 않나, 매일같이 갖은 방법을 동원해 겨우 꼬셔 내곤 했다.

오늘도 새벽녘부터 금손의 담당 궁인들은 소주방(燒廚房)에서 생선을 훔쳐 먹고 있던 금손을 데려와, 대조전 앞에서 임금의 부름을 기다리고 있었다.

"금손 게 있느냐?"

금손은 임금의 이부자리를 정리하는 지밀나인과 함께 침전에 들어갔다. 그 말인즉, 매일 아침 누구보다 먼저 임금을 맞이한다는 뜻이었다. 임금이 자신을 이토록 애지중지한다는 사실을 알기라도 하는지, 궁인들 앞에서는 온갖 말썽을 피우던 금손이 임금 앞에서만은 신기하게도 얌전하고 애교 많은 개냥이가 되었으니, 아침 식사를 채 마치기도 전에 벌써 임금이 입은 곤룡포에는 금손의 노란 털이 가득하였다.

뿐만 아니었다. 임금이 아침 경연에 참석할 때에도, 문무백관이 출석하는 조회 자리에 나설 때에도, 업무를 검토하며 정사를 돌볼 때에도, 금손은 늘 임금의 무릎에 앉거나 주변에서 머물며 함께하였다. 수라상의 귀한 고기반찬을 넙죽넙죽 받아먹었으며, 밤낮을 가리지 않고 임금의 처소에 드나들기까지 하였다.

대조전 뒤뜰에서 잠이 든 금손의 영롱한 모습을

화폭에 옮기느라 임금은 날이 저무는 줄도 몰랐다. 비록 실력은 엉망이었지만, 그렇게 그린 금손 그림들로만 방 하나가 가득 찼다. 궁인들 사이에서는 이런 임금을 '묘집사(猫執事)'라 부른다는 우스갯소리까지 나올 정도였다.

모두가 금손을 반기는 것은 아니었다. 특히 금손이 세자궁에 들어가기라도 하는 날엔 한바탕 큰일이 나기도 했는데, 그 이유는 세자가 금손만 만나면 심한 기침과 콧물, 홍반, 가려움 등의 증상으로 정신을 차리지 못할 정도가 되었기 때문이었다.

원인 모를 증상은 궐내에 흉문이 돌게 만들었다. 성인이 된 지 한참인 세자에게는 아직 후사(後嗣)[1]가 없었다. 신하들은 차마 임금 앞에서 직접적으로 후사에 대해 논하진 못하였으나, 세자를 옹호하는 '소론' 측과 세자 교체를 주장하는 '노론' 측으로 나뉘어 다투고 있다는 것은 궐내 사람이라면 누구나 아는 속사정이었다. 이러한 상황에서 세자에게 후사가 생기지 않는 이유가 다름 아닌 금손 때문이라는 흉문이 돌기 시작한 것이었다.

특히 소론의 노신(老臣)이자 한쪽 다리가 없어 일각정승이라 불리었던 허지완은 이미 관직에서 은퇴한 몸임에도 불구하고, 틈만 나면 금손을 멀리하라

1 집안의 혈통을 잇는 자식.

는 의견을 올리곤 해 임금의 심기를 불편하게 만들었다.

"예로부터 고양이는 그 눈이 산짐승의 것과 같아, 함부로 집 안에 들이지 않았습니다. 심지어 세자가 고양이와는 상극이니 전하께서는 이를 멀리하시고, 세자의 건강을 살피소서."

그러자 이번엔 노론의 대사헌 서창집이 나섰다.

"전하의 덕이 금수에게까지 미치는 것을 두고, 흉문을 지어 퍼뜨리는 자들이 있사옵니다. 행여 어리석은 이들이 이를 빌려 금손을 못살게 굴까 걱정입니다."

서창집의 시선이 소론 측에게로 향했다. 어리석은 이들이 누굴 지칭하는지 명확히 하는 것이었다. 편을 나눈 신하들이 눈을 부라리며 한마디씩 거들어 소란이 일었다. 허무맹랑한 소문이라 여긴 임금이 이에 대해 논하는 것을 금하였지만, 세자의 후사와 금손에 대한 흉문으로 인해 궐내 당쟁은 날이 갈수록 점차 심화될 뿐이었다.

좌포청의 명 포교

아침부터 신분 여하를 막론하고 모인 자들이 방마다 서넛씩 들어앉아 투전을 하는 중이었다. 곰방대 연기가 자욱하니 봉화가 따로 없었다.

노름장이었다.

골목 안쪽에 위치한 노름장 대문 앞에는 험상궂은 사내들이 서로 농을 치며 둘러서 있었다. 그들은 행여 누가 골목 안으로 들어오기라도 하면,

"이 빌어먹을 놈아! 이 길 안쪽엔 독수공방하는 우리 형수님 댁뿐인데, 네놈이 내 형님이라도 되려 한단 말이냐?"

"아이고. 생사람 잡지 마시오."

이런 식으로 겁박을 하여 얼씬도 못 하게 쫓아내니, 인근에 감히 기웃거리는 자가 없었다. 그러던 차에 멀리서부터 구슬픈 노랫소리가 들려오기 시작했다.

"북망산천 머다더니 내 집 앞이 북망일세~ 너허 너허 너화너너이가지 넘자 너화 너~"

상엿소리였다. 상여를 멘 사람들이 이내 골목으로 들어섰다. 그 모습을 본 노름장 앞 사내들은 바닥에 침을 탁 뱉더니, 상여가 더 들어오지 못하도록 소리치며 막아섰다.

"멈추시오! 멈춰!"

선두에서 선창하던 선소리꾼이 당황해 노래를 멈췄다. 상엿소리가 금세 잦아들었다.

"왜 그러시오?"
"여긴 길이 막혔으니 돌아 나가시오."
"아니, 무슨 소리요. 저리 건너면 바로인 길인데."

사내가 허리춤에 찬 칼을 내보이며 말했다.

"무슨 소리긴! 상여에 같이 눕고 싶지 않으면 말대로 하란 소리지."
"아, 알겠소. 골목이 좁아 여기선 돌릴 수 없으니, 저 앞에서 돌아 나가겠소."
"흥, 서둘러라."

노름장 안에 있던 관리인 하나가 마당으로 나와 물었다.

"밖에 웬 소란이냐?"
"상여가 길목에 들어와서 돌아 나가라 했습니다."
"상여?"

그때 담 너머 어디선가 개 짖는 소리가 들려왔다. 관리인은 가만히 눈치를 살피다 말고, 다급히 방 안으로 뛰어 들어갔다. 대문 밖 너른 곳에서는 상여꾼들이 상여를 돌리기 위해 애를 쓰고 있었다. 선소리꾼이 갑자기 다시 선창을 시작하자, 상여꾼들이 따라 외쳤다.

"어허~ 해가 산을 넘는구나."

"해가 산을 넘는구나!"

그 소리가 신호였다. 얌전히 상여를 끌던 상여꾼들이 갑자기 상여를 내팽개치곤 허리춤에서 육모방망이와 쇠도리깨를 들었으니, 변장한 포교와 포졸들이었다.

"와아아!"

함성과 함께 다른 골목에 숨어 있던 포졸들도 나타났다. 대문을 지키던 사내들은 화들짝 놀라, 칼을 채 꺼내 보기도 전에 붙잡혀 오랏줄에 묶였다. 포졸들은 빗장으로 잠겼던 문을 부수고, 담을 넘으며 곳곳에서 동시에 기습을 가했다.

"모두 꼼짝 말고 순순히 오라를 받아라!"

사방에서 들이닥친 포교와 포졸들이 노름장의 모두를 순식간에 제압했다. 환도를 찬 좌포청 종사관이 마당으로 들어왔을 때는 이미 상황이 종료되어 있었다.

"쓰읍…."

현장을 스윽 둘러보던 종사관이 씁쓸한 입맛을 다셨다. 꼼짝 말고 오라를 받으라고는 했지만, 그건 늘 하는 말이고 보통 상대는 도망치기 바빠야 했다. 그런데 정말로 꼼짝을 않고 순순히 오라를 받았다? 찜찜했다. 담만 넘으면 반촌(泮村)이었다. 반촌은 성균관과 가깝다는 이유로 죄인이 들어가도 함부로 체포할 수 없는 일종의 치외법권 지역이었기에, 그리로 넘어가면 도망칠 수 있었는데도 노름꾼들이 모두 그 자리에 그대로 있었다는 것이 꺼림칙했다.

"나리. 와 보셔야겠습니다."

선소리꾼 역할을 맡았던 이 포교의 부름을 들은 종사관이 단걸음에 방으로 올라갔다.

없었다. 어딜 봐도 투전이나 다른 노름의 흔적이 보이질 않았다. 기껏해야 바둑판에 윷가락뿐이었다. 돈이 오간 흔적 또한 없었다. 붙잡혀서도 마냥 여유 있어 보이는 노름꾼들과 달리 종사관의 표정은 쓰게 구겨졌다. 낭패였다. 누군가 급습 정보를 미리 알린 것이었다. 게다가 사로잡힌 자들 중 양반 신분의 노름꾼들이 법도를 따지고 나서자, 더는 붙잡아 두기 어렵게 되었다. 난처해진 종사관의 얼굴이 울그락불그락해졌다.

"와, 와아아!"

그때 뒷마당 쪽 진입을 맡았던 포교 변상벽이 포졸 두셋을 이끌고 뒤늦게 함성을 지르며 안마당에 나타났다. 이 포교가 변상벽을 향해 고개를 저었다. 조용히 하고 분위기 파악 좀 하라는 신호였지만, 변상벽은 어리둥절하기만 했다.

"왜? 뭔데?"

잔뜩 화가 난 종사관은 철수를 명하며 대문 밖으로 나가 버렸다. 포졸들이 사과를 하며 묶었던 오라를 풀어 주는 지경이 되었다. 붙잡혔다 풀려난 노름꾼들이 낄낄대며 비웃었다.

밤이 늦었지만 노름장 안은 환하게 밝았다. 포청 사람들이 허탕을 치고 돌아간 뒤로, 또다시 방마다 노름질이 끊이지 않게 되었던 것이다. 방 하나에 진수성찬이 차려져 있었다. 둘러앉은 이들은 노름장을 관리하는 무뢰배였다.

"크하하! 종사관 놈 표정이 말이야. 마른 똥이라도 씹었는지! 아니, 생사람을 잡고 난리야. 생사람을!"

술잔이 돌고 오늘 있었던 포청의 급습을 안주 삼아 떠들어 대니 웃음이 끊이지가 않았다.

"자. 주목, 주목!"

얼굴에 깊은 칼자국이 있는 사내가 잔을 들고 자리에서 일어났다. 노름장의 주인이자 무뢰배의 두목인 오봉이었다.

"내 오늘 기분이 아주 좋구나! 하마터면 큰일 치를 뻔했지. 암! 그래서 한 곡조 뽑고 싶지만, 오늘의 주인공은 따로 있지 않느냐! 자, 일어나 보소!"

오봉의 지목에, 무뢰배 사이에서 누군가 잔을 들고 일어났다.

"에이, 뭘 또 주인공씩이나."

앞서 노름장을 급습했던 포청 사람들 중, 뒤늦게 나타나 분위기 파악 못 하던 포교, 변상벽이었다.

아침에 있었던 상황으로 잠시 돌아가 보자.

상여꾼들이 들이닥치기 전, 뒷마당 담벼락 아래에 숨어 있던 변상벽이 휘하 포졸들에게 말했다.

"오줌 좀 누고 올 테니, 기다리거라."

그러고는 멀찍이 떨어진 담 밑에 쪼그리고 앉아 몰래 개 짖는 소리를 내었다.

"왈! 왈왈! 왈왈왈!"

이는 급습이 있을 거라 알리는 약속된 신호였다. 신호를 들은 노름꾼들이 능숙한 솜씨로 노름판을 방 밖으로 게 눈 감추듯 숨겼고, 본래 있던 물건은 바둑판과 윷놀이판들로 척척 교체되었다.

오봉이 자리에서 일어난 변상벽을 툭툭 치며 말했다.

"아, 이 작금에 보기 드물게, 돈값을 하시는 분이오. 이런 분이 나랏일을 하셔야 하는데, 응?"
"내 그런 말 좀 듣소!"

좌중에 웃음이 터졌다. 오봉이 말했다.

"변 형! 일어난 김에, 내 부탁 하나 해도 되겠소?"

변상벽이 당황했다.

"내가… 형이오?"

아무리 봐도 자신보다 너덧 살은 많아 보이는 오봉의 호형호제였다. 오봉은 신경 쓰지 않고 부탁을 이어 갔다.

"그 개 소리 한 번만 더 해 주시오. 어찌나 그럴싸한지, 개인지 사람인지 모르겠더이다!"
"뭐? 개 소리!? 이자들이 보자 보자 하니까. 내가 누군 줄 알고…"

변상벽의 표정이 굳자, 분위기가 조심스러워졌다.

"내가 바로 멍 포교요! 왈! 왈왈! 왈왈!"

변상벽의 능청스러움에 방 안 모두가 갖가지 개 흉내를 내며 웃었다. 개판이었다. 기분이 좋아진 오봉이 술이 떨어진 것을 보고는 부하들에게 손을 들어 신호를 했다. 그러자 곧 부하 둘이 끙끙대며 술이 가득한 항아리를 통째로 내어 왔다.

변상벽은 놀랐다. 지난 기근으로 인한 금주령이

아직 풀리지 않았는지라 술을 마신 지도 오래된 터였다.

"술값이 금값이라던데 어디서…."

오봉이 너스레를 떨며 직접 변상벽의 잔에 술을 넘치도록 따랐다.

"배급받은 곡식을 들고 노름판에 끼는 년놈들이 천지요. 그렇게 받아서 반은 밥 지어 먹었으니, 나머지 반은? 우리는 또 마셔야지 않겠소? 카하하!"

오봉이 술과 함께 약속한 돈주머니를 변상벽에게 건넸다.

"섭섭잖게 넣었소! 앞으로도 잘 부탁한다는 뜻이니."
"걱정 마시게."
"그럼 그럼! 우린 한배를 탄 사이 아니오. 크하하."

아랫사람 대하듯 변상벽의 어깨를 두드리던 오봉이 잔을 들고 자리에서 일어났다. 그가 건배를 외치기 위해 찰랑거리는 술잔을 들었을 때였다.

와장창! 대문 쪽에서 시끄러운 소리가 들렸다. 거지꼴 양민 하나가 노름장 대문 밖으로 쫓겨나면서, 돈 대신 들고 온 집기들을 바닥에 떨어뜨리는 소리였다. 양민은 쓰레기나 다름없어 보이는 집기들을 문지기 사내들에게 내밀며 애타게 부탁하고 있었다.

"딱 한 판만, 정말 한 번이면 되오!"
"이딴 건 줘도 안 갖는다고, 몇 번을 말해?"

건배를 방해받은 오봉이 빨리 처리하라는 듯 손짓을 하자, 다른 문지기들까지 우르르 몰려가 양민을 질질 끌고 대문 밖에 내다 버렸다. 변상벽의 눈에는 그 모습이 어찌나 한심스럽던지 보고 있는 것만으로도 미간이 찌푸려졌다.

오봉이 건배사를 외쳤다.

“크하하. 오늘 한번 개처럼 마셔 보자꾸나!”

술 항아리의 바닥이 보일 때가 되어서야, 거하게 취한 변상벽이 배웅을 받으며 노름장 밖으로 나왔다. 대문을 나서자마자 앳된 목소리가 들렸다.

“아부지, 갑시다. 얼른.”

아까 쫓겨났던 거지꼴 양민이 아직도 미련을 버리지 못하고 담벼락 아래에 버티고 앉아 있었다. 그의 어린 딸이 아비의 팔을 붙잡아 끌며 닦달하고 있었지만, 그는 꿈쩍 않는 중이었다. 기막힌 꼴이었다.

“여비나 하게.”

변상벽이 동전 한 닢을 던져 주었다. 그러자 동전을 손에 쥔 아비는 고맙다는 한마디 말도 없이 도로 노름장으로 뛰어 들어갔다.

“허!”

변상벽이 어이가 없다는 듯 헛웃음을 터뜨렸다.

어린 딸이 그 자리에 서서 변상벽을 바라봤다. 원망 가득한 눈빛이었다.

"내 탓이 아니지 않으냐?"

어깨를 으쓱한 변상벽이 콧노래를 부르며 거리로 나섰다. 어린 딸은 그 뒷모습을 한참 동안 쳐다보았다.

*

변상벽이 인적 없는 밤거리를 비틀거리며 걸었다. 오랜만에 술을 흠뻑 마셔서 그런지 걸을수록 취기가 더 도는 듯했다. 멀리서부터 흐릿한 등불이 점점 다가오더니 변상벽에게 물었다.

"변 포교 나리 아니십니까?"

순라 중이던 포졸이었다. 포졸은 술떡이 된 변상벽을 발견하고는 길 건너에 있던 순라군 여럿을 불렀다. 이들을 이끌던 이 포교가 다가와 변상벽을 보고 한숨을 쉬었다.

"하아. 꼴이 익숙하더니…. 형님, 금주령 기간에 어디서 이렇게 드신 겁니까?"
"어? 이 포교다. 흐흐흐."

술기운에 반가워하며 매달리는 변상벽을 이 포교가 냉정하게 떨쳐 냈다.

"이리 다니시다가 다른 순라군에게 들키기라도 하

면 그냥 못 넘어갑니다. 모실 테니 같이 가시죠."

"놔라. 이 오라질 놈들! 내가 포교인데, 감히, 어? 이거 안 놔!?"

포졸들이 모여들어 끌고 가려 해 봤지만 막무가내로 몸부림을 치는 선배를 제압하기란 쉽지가 않았다. 주먹질, 발길질까지 해 대는 변상벽 때문에 포졸들이 난처해하자 이 포교가 명을 거두었다.

"됐다! 내버려 둬라. 가게 내버려 둬!"

비틀거리며 멀어져 가는 변상벽의 뒤에 대고 이 포교가 중얼거렸다.

"쯧. 괜히 만년 포교더냐."

시간이 얼마나 지났을까. 문득 정신을 차리고 주위를 둘러보니 인적 없는 동궐(東闕)[2]의 담장 길에 와 있었다. 술에 취해 길을 잘못 들어도 단단히 잘못 든 것이었다.

"으응? 어디야, 이거."

어디로 가야 할지 감도 잡히지 않았다. 이왕 이렇게 된 거 오줌이라도 누고 가야겠다 싶어진 변상벽이 담벼락 앞에 서서 오줌을 누기 시작했다. 오줌 줄기가 튀어 하의를 적셨지만 서 있는 것이 고작인 변상벽이 그것을 신경 쓸 리는 없었다.

2 창덕궁과 창경궁을 아울러 지칭하는 별칭. 숙종 대에는 창덕궁을 주로 사용하였다.

순간 어디선가 바스락거리는 소리가 들렸다. 변상벽이 고개를 돌려 반쯤 감은 눈으로 쳐다보았다. 꺾인 담벼락 구석의 어둠 속에 누군가 숨어 있었다. 구름을 벗어난 달빛에 그 정체가 드러났다. 검은 복면으로 얼굴을 가린 귀신인지 사람인지 모를 것이었다. 복면 속 눈동자와 눈이 마주친 변상벽의 머릿속이 하얘졌다. 술이 다 깼다. 오줌 줄기가 힘없이 멈추어 버렸다.

그때였다.

변상벽의 머리 위, 담장 너머에서 난데없이 사람 하나가 떨어져 내렸다.

우당탕!

피할 새도 없이 깔려 버린 변상벽이 외마디 비명을 질렀다.

"으어억."

놀란 것은 변상벽의 위로 떨어진 자도 마찬가지였다. 균형을 잃은 그는 깔린 이와 함께 바닥을 뒹굴었다.

바닥에 쓰러져 있던 변상벽이 겨우 몸을 일으키는데,

"이, 이게 무슨… 커헉!"

한 명이 더 떨어졌다. 이번 사람도 역시 담장을 넘

어왔다. 바닥에 찌그러져 있던 변상벽은 자신의 위로 떨어진 둘을 겨우 올려다보았다. 광대탈을 써서 얼굴을 가린, 또 다른 수상한 자들이었다. 광대탈들은 아래에 깔린 변상벽은 안중에도 없이 서로를 탓하며 뭐라 뭐라 다투고 있었다. 워낙 작고 빠르게 투덜대는 터라 알아듣기는 힘들었지만, 중간중간 욕이 섞인 건 분명했다.

바닥에 놓인 자루 하나가 변상벽의 시야에 들어왔다. 광대탈들이 들고 있던 자루였다. 어둠 속에 숨어 있던 복면인이 기다렸다는 듯이 그 자루를 향해 몸을 날렸다. 하지만 자루를 집어 들려는 순간, 광대탈의 발길질이 복면인의 옆구리에 꽂혔다.

"크윽."

짧은 신음과 함께 한 발 물러난 복면인이 금세 자세를 가다듬었다. 그러곤 품속에서 팔뚝만 한 단검을 꺼내 들었다. 광대탈들도 그런 복면인과 마주 섰다.

내용물 미상의 자루와 변상벽을 가운데에 두고, 오른편에 선 복면을 쓴 수상한 자, 왼편에 선 광대탈을 쓴 더 수상한 자객들 간의 싸움이 본격적으로 벌어지려 하고 있었다. 느닷없이 싸움의 중심에 놓인 변상벽이 신분증 격인 통부를 찾으려 가슴팍을 뒤지며 외쳤다.

"어, 어, 머, 멈추거라! 내가 좌포청 포교…!"

변상벽의 말이 채 끝나기도 전에 복면인이 먼저 광대탈들에게 달려들었다. 광대탈 하나가 상대하러 나섰지만, 몇 합을 겨루기도 전에 힘이 달려 뒤로 밀렸다. 그러자 또 다른 광대탈이 쓰러져 있는 변상벽의 허리를 밟고 뛰어오르더니, 복면인에게 비도 두 개를 던졌다. 어둠 속에서 시간차를 두고 날아가던 위협적인 비도가, 복면인의 소매를 찢으며 단검을 맞혀 떨어뜨렸다. 비도를 던진 광대탈이 주먹을 쥐고는 소리 없이 기뻐했다.

이 대 일의 싸움이 길어지면 불리할 거라 느꼈는지, 복면인은 광대탈들을 비켜서 자루를 향해 달려들었다. 하지만 광대탈들은 협공으로 이를 막아섰다. 일 대 일로는 복면인이 우세해 보이기도 했지만, 광대탈들의 호흡이 좋았다. 하나가 내쳐지면 또 하나가 잡고 늘어졌다. 상대로부터 멀어져 공격을 피하거나, 다가가 거리를 좁혀 타격을 무의미하게 만들어 버리는 노련한 기술들이었다.

결국에는 마구잡이로 얽히고설킨 셋이 본격적으로 육탄전을 벌였다. 셋이 주먹과 발길을 주고받는 동안, 자루 옆에서 밟히고 차이는 변상벽만이 비명 소리를 내었다.

"악! 으아, 야, 뿡, 잠깐, 아악!"

기어서라도 필사적으로 빠져나오려 하던 변상벽이 무심코 자루에 손을 대었다. 그러자 자루가 꿈틀

거리며 반응을 했다.

“으악!”

깜짝 놀란 변상벽이 자루를 밀어내자, 짧은 순간 복면인이 그리로 시선을 빼앗겼다. 그 틈을 탄 광대탈이 복면인의 눈에 흙을 뿌려 버렸다. 복면인이 다급히 흙을 털어 내고 둘러보았을 때 이미, 광대탈들은 자루와 함께 사라지고 없었다. 남은 자는 엎드린 채 웅크려 있는 변상벽뿐이었다.

“칫….”

하는 수 없이 복면인은 떨어졌던 자신의 단검을 주워 들어 변상벽에게 들이밀었다.

“놈들은 어느 방향으로 갔느냐?”

차가운 칼날이 변상벽의 목에 닿았다. 단검의 코등이[3]에 그려진 독특한 문양이 변상벽의 눈에 들어왔다. 목숨이 아까우니 뭐라도 대답해야 했지만, 내내 웅크리고만 있던 변상벽이 광대탈들의 행선지를 알 턱이 없었다.

“그, 그게, 저! 저쪽? 아니! 이쪽인가?”

두리번대던 변상벽의 눈에 익숙한 불빛이 아른거렸다. 순라군의 것이었다. 뒤를 돌아보자, 그 잠깐 사이에 복면인 또한 사라지고 주위엔 아무도 남아 있는 이가 없었다. 조금 전에는 도깨비에게 홀리기

3 칼날과 자루 사이에서 손을 보호하는 둥근 부분.

라도 했던 것인지 담장 길 앞에는 변상벽 혼자였다. 아까 마주쳤던 이 포교와 순라군들의 목소리가 점차 가까이 들려왔다. 그제야 긴장이 풀린 변상벽이 정신을 놓고 그 자리에 쓰러졌다.

달빛 어두운 밤이었다.

집 나간 고양이를 무슨 수로

"금손 게 있느냐?"

이른 아침, 기침(起寢)한 임금은 여느 때처럼 금손부터 찾았다. 이부자리를 정리하는 궁인들의 손놀림에서 보통 때와는 다른 긴장감이 흘렀다. 한참을 문밖에서 주춤거리던 금손의 담당 궁인이 임금의 목소리를 듣고 단걸음에 들어왔다.

"죽여~ 주시옵소서!!"

"놀래라. 아침 댓바람부터 대체 뭘 죽여 달란 말이냐?"

납작 엎드린 궁인은 대답 대신 덜덜 떨기만 했다.

"이를 어째! 전하, 전하!"

적삼에 속바지, 맨발 차림의 임금이 금손의 처소를 향해 바삐 걸음을 옮겼다. 그 뒤를 따르는 궁인들은 발을 동동 구르기만 할 뿐 흥분한 임금의 행보를 막아설 도리가 없었다. 궐내의 처마 위, 마루 아래, 뒤뜰 등에 머리를 박은 채로 무언가 찾고 있던 궁인과 호위들은, 잠옷 차림 임금의 등장에 화들짝 놀라 고개를 숙이고 물러나기 바빴다.

금손의 처소로 쓰이던 작은 방에는 비단을 덧댄 침구, 짚으로 만든 쥐 모양 인형, 자개로 장식된 고양이용 탑이 그 자리에 그대로 있었다. 그것들과 함께 있어야 할 딱 하나만 빼고.

임금의 눈이 파르르 떨렸다.

금손이 사라졌다.

*

"포교 나리, 변 포교 나리!"

오줌과 흙투성이로 엉망이 된 옷차림. 변상벽이 옥에 갇혀 있었다. 금주령과 통금을 어긴 죄로 추포되어 온 것이었다.

제 방에 있는 것처럼 편히 모로 누워 자고 있는 변상벽을 깨우기 위해 창살 밖에서 새끼 포졸이 몇 번이나 소리쳐 불러 대고 있었지만 깊게 잠이 든 건지, 잠든 척을 하는 건지 쉽게 일어나질 않았다. 새끼 포졸은 안 되겠다 싶었는지 기다란 삼지창인 당파를 창살 사이로 밀어 넣어 변상벽의 엉덩이를 쿡쿡 찔렀다. 귀찮은 듯 손으로 몇 번 막아 내던 변상벽이 결국 짜증을 내며 벌떡 일어났다.

"왜? 아, 뭐?!"
"나오시라는데요. 종사관 나리가."
"벌써? … 우리 집에서 누가 다녀갔느냐?"
"그런 것 같습니다요."
"그럼… 좀만 더 있자."

변상벽이 다시 드러누웠다. 발만 동동 구르는 새끼 포졸을 옥 내의 다른 죄인들이 비웃어 댔다.

잠시 후, 오라에 묶인 변상벽이 포도청 마당으로 끌려 나와 무릎을 꿇고 앉았다. 아직 숙취가 남은 탓인지 퉁퉁 부은 얼굴로 하품을 하고 있었다. 마루에 앉은 종사관이 턱을 괸 채로 그 모습을 가만히 바라보다가 말을 꺼냈다.

"너희 집에서 사람이 다녀갔다."
"예. 그리 들었습니다."

변상벽에게는 이런 일이 처음이 아니었다. 두 번째도, 세 번째도 아니었다. 순서는 늘 비슷했다. 보통은 통금을 어기거나, 싸움을 벌였다는 등의 이유로 옥에 갇혔다. 다음 날쯤이면 그 소식을 전해 들은 집에서 사람을 보내 변상벽의 죗값만큼 속전을 치렀다. 물론 금전만으로 다 해결되지는 않았다. 그래도 나름 포교의 자리에 있으니 반성의 말이 필요했다. 대충 포교의 위신에 해를 끼친 점을 뉘우치고, 다시는, 절대로, 확실히 그러지 않겠다는 얘기였다.

가만히 듣던 종사관이 변상벽의 말을 끊었다.

"풀어 주거라."

손목의 오라가 풀리자마자 자리에서 일어난 변상벽이 꾸벅 인사를 하고 자리를 뜨려 했다.

종사관이 벼락처럼 외쳤다.

"네 이놈! 아직 판결이 끝나지 않았는데 어딜 일어나느냐."

"예?"

"백성에게 모범을 보여야 하는 포교의 신분으로! 감히 금주령과 통금을 어긴 죄! 엄히 다루지 않을 수 없으니, 장형 30대를 통해 네놈의 죄를 다스리겠다."

"장형이요?! 그게 무슨, 집에서 속전을 치른 것이 아니던가요?"

"읊어 봐라."

종사관이 명하자 곁에 있던 포졸 하나가 쪽지에 적힌 내용을 크게 읊었다.

"속전은 없으니 매질을 해 주시오.- 변 대감"

변상벽의 얼굴이 하얗게 질렸다. 동시에 포졸들이 장형을 내리기 위한 형틀과 곤장을 들고 오자, 다급해진 변상벽은 종사관 앞에 무릎을 꿇고 급히 아뢰기 시작했다.

"그… 그것은, 그러니까 어쩔 수가 없었습니다요!"

"어쩔 수, 없었다?"

"예! 그게! 간밤에, 그러니까 수사를 하던 중에, 탈을 쓴 자들이 하늘에서 뚝 떨어졌는데, 아니, 언놈이 숨어 있었습니다! 단검을 가진 놈인데, 근데 제가 그놈들을 추포하려고 딱, 하다가 보니까, 그런데 자루가, 어, 맞아! 자루가 살아서 움직이고, 아니 그것이, 갑자기 도깨비처럼 사라지는 바람에… 그러니까 그게…"

말하다 보니 본인 생각에도 말이 안 되는 거 같은지 말꼬리가 점차 흐려져 갔다. 종사관이 직접 이 포교가 제출한 체포 기록을 읊었다. 좌포청 포교 변상벽이 만취하여 통금 시간을 넘긴 밤에 길에서 자빠져 자고 있었는데, 옷은 흙투성이요, 소변이 몸 곳곳에 묻어 있었다. 순라 중이던 포졸 셋에게 시켜 그런 변상벽을 들쳐 업고 좌포청으로 데려오긴 했으나, 어찌나 난동을 피우던지 포졸들이 그날 순라를 제대로 할 수 없었다는 내용이었다.

이어 종사관이 판결을 더했다.

"장형으로 면할 수 있는 죄가 아님에도 끝까지 시치미만 떼는 자를 포교로 둘 수는 없는 노릇이다. 이에 변상벽의 포교직 자격을 무기한 박탈한다."

생각지도 못한 판결에 말을 잃은 변상벽에게, 포졸 하나가 다가와 손을 내밀었다. 정직이 되었으니 통부를 반납하라는 뜻이었다.

장형 집행 때문에 형틀에 손발이 묶인 변상벽은, 자신의 부하였던 포졸들 앞에서 볼기를 까고 엎드리게 되었다. 평소 그에 대한 평가가 좋지 않았던 탓인지 포졸들 사이에선 작은 조소가 들리기도 했다. 매질에 대한 두려움보다는 망신스러움이 더 크게 느껴졌다.

퍼억!

하지만 막상 장을 한 대 맞자 망신보다는 아픔이 급해졌다. 얼굴이 벌게진 변상벽이 장을 치는 포졸에게 속삭이듯 말했다.

"살살, 이놈아 좀, 살살…."

포졸이 잠시 망설이자, 이를 눈치챈 종사관이 외쳤다.

"손 속에 사사로운 정을 두는 날에는 내 직접 매를 들 것이야!"

포졸이 다시 장을 길게 빼 들었다.

"죄송합니다."

포졸은 말로는 연신 죄송하다고 하면서도, 손에 침까지 발랐다. 포졸이 있는 힘껏 장을 휘둘렀다.

포도청 담 너머로 변상벽의 비명이 울렸다.

변상벽이 물벼락을 맞았다. 집에 들어와 뒤늦은 문안 인사를 올리던 변상벽에게 아버지 변 대감이 물을 뿌려 버린 것이었다.

"그래도 변가라고 하여 네놈을 살뜰히 보살폈건만, 돌아오는 것은 집안 망신뿐이구나! 보기 싫으니 보이지 말거라."

변상벽은 무어라 대꾸하려다 말을 아꼈다.

변 대감이 성을 내며 가 버리자, 멀리서 지켜보던 어린 노비 하나가 급히 다가왔다. 그의 이름은 쪼깐이였다. 쪼깐이는 곤장에 맞아 절뚝이는 변상벽을 부축해 방으로 데려갔다. 외떨어진 곳에 있는 사랑방이었다. 데려가면서 보니 변상벽의 몰골이 말이 아니었다. 얼굴이며 팔은 상처투성이에 찢기고 얼룩진 옷차림은 쪼깐이보다 못했다.

"나리, 괜찮으신가요? 아니, 무슨 곤장을 쳤길래 얼굴에도 상처가…"
"쪼깐아."
"네, 나리."
"이건 곤장으로 인한 상처가 아니다. 검에 스친 것이지."

쪼깐이가 화들짝 놀랐다.

"검… 검이요?"

퉁퉁 부은 엉덩이가 바닥에 닿지 않도록 엎드린 변상벽이 말을 이었다.

"어젯밤 순라 중에 자객 세 명과 싸움을 벌였다. 내가 맨손만 아니었다면 그놈들은 제삿밥을 먹어야 했을 것이야."

자신이 이 정도면 그쪽은 어찌 되었는지 말 안 해도 될 것이라는 둥, 오랜만에 몸을 좀 풀려 했더니 놈들이 도망을 쳤다는 둥, 변상벽은 벌건 엉덩이를 깐 채 곧 죽어도 허세를 부렸다.

"저, 정말입니까요?"

가짜 무용담에 쪼깐이가 마른침을 삼켰다. 포졸 지망생인 쪼깐이는 이 집안 사람들 중 유일하게 변상벽을 잘 따랐다. 포교인 변상벽의 이야기는 쪼깐이가 듣기에 언제나 자극적이었지만, 검을 든 자객과 다투었다니! 쪼깐이에게는 이만한 흥밋거리가 없었다.

"그럼 내가 네 앞에서 농이라도 친단 말이냐? 이따가 마저 일러 줄 테니, 가서 씻을 물이나 좀 가져다 두거라."
"예, 예! 나리!"

존경의 눈빛을 뿜어 내던 쪼깐이가 돌아가자 변상벽이 겨우 몸을 일으켰다. 오봉에게 뇌물로 받은 은전을 장 안쪽에 숨겨 두기 위함이었다. 온갖 고초에도 불구하고 온전히 남아 있어 다행이었다. 그래도 한동안은 이걸로 어떻게든 지낼 수 있겠다 싶었다.

"상벽아, 돌아왔느냐?"

밖에서 익숙한 목소리가 들렸다. 깜짝 놀란 변상벽이 급히 자리로 돌아가려다가 부은 엉덩이가 바닥에 닿는 바람에 고통스레 데굴데굴 굴렀다. 목소리의 주인이 문을 열고 들어왔다.

친형인 변빈이었다.

"아이고. 이게 무슨 꼴이냐? 이, 엉덩이가 이게, 이리 붉은 것이, 괜찮은 것이냐?"

변빈이 변상벽의 퉁퉁 부은 엉덩이를 내려다보며 걱정스레 물었다. 변상벽이 빈정거렸다.

"나리가 또, 뭐, 왜, 무슨 일이오?"
"하아. 녀석아. 나리라니, 둘이 있을 땐 형님이라 부르라니까."

변빈이 섭섭함을 담아 한숨을 내쉬었다.

이쯤에서 잠시 변씨 가문에 대한 소개를 올려 보겠다. 3대째 참상관 벼슬을 이어 가는 중인 변씨 가문에는 두 명의 아들이 있었다. 가문의 대를 이을 적자 변빈과 첩의 자식인 서얼 변상벽이 그 둘이었다. 공식적으로, 서얼인 변상벽은 형인 변빈을 '나리'라 불러야 했으나, 늘 하나뿐인 동생과 우애를 쌓고 싶어 했던 변빈은 단둘이 있을 때만이라도 형이라는 호칭으로 편히 부르라 했다. 하지만 변상벽은 꼬박꼬박 나리라 부르며 거리를 두었다. 변상벽이 집안에서 천덕꾸러기 취급을 받는 데에는 그가 서얼인 탓도 있었겠지만, 그보다 큰 이유는 바로 비교 대상인 변빈이 과하게 잘났기 때문이었다.

변빈은 어려서부터 심히 비상하여 5세 때 사서삼경을 모두 외워 고을에 플래카드… 아니, 방문(榜文)이 붙을 정도로 유명하였으며, 외모로 말하자면 지나는 개나 소나 넋을 잃고 쳐다볼 정도로 아름다웠다. 어디 그뿐이랴? 비단결 같은 마음씨 덕에 남녀노소 모두가 좋아하는 한 줄기 빛과 같은 양반이었던 것이다.

한편 그보다 3년 뒤에 첩의 자식으로 태어난 서얼 변상벽을 살펴보자면, 천민 출신이었던 어머니는 변상벽을 낳자마자 세상을 떴고, 사서삼경을 외우기는커녕 제 이름 석 자 쓰는 데에도 남들보다 배는 더 걸렸으며, 잘못한 것 없이도 툭하면 불심검문을 받을 정도로 시끄러운 외모에, 성격 또한 개나 소나 혀를 찰 정도였으니, 더 말해 무엇 하랴.

변 대감은 변상벽을 변빈과 비교하여 구박할 때마다 집안의 가보를 내보이곤 했는데, 이 가보란 것이 겉으로는 흔한 낙서처럼 보였지만, 무려 임금이 끄적인 낙서였다. 변 대감은 소위 임금 덕후라 할 만큼 임금의 것이라면 뭐든 모으곤 했는데, 그중에서도 이 낙서는 궁중의 제사를 주관하는 봉상시(奉常寺)의 관리가 된 변빈이, 임금이 시간을 때우려 끄적인 낙서를 직접 주워 온 것이었다. 낙서의 내용은 '睡睡睡(졸려졸려졸려)'였다. 변상벽은 이게 뭐 별거냐 싶었지만 변 대감의 심한 임금 덕질을 생각해보면 수긍이 되는 면도 있고 그랬다.

무엇보다 변상벽이 변빈을 싫어하는 가장 큰 이유는, 다름 아니라 적서 차별이 행해질 때마다 변빈이 미안하다며 하는 말 때문이었다.

"나만 양반이라 미안해."

차라리 욕이 나았다.

*

다음 날, 부은 엉덩이에 바를 약을 타 오기 위해 저잣거리로 나온 변상벽이 뒤뚱거리며 걷고 있었다. 일없이 종일 집에서 죽치고 있다 보니 여간 눈치가 보이는 게 아니었다. 하여 쪼깐이와 함께 직접 외출을 나선 것이었다.

쪼깐이는 이때다 싶었는지 품속에서 책자 하나를 꺼내 변상벽에게 펼쳐 보이며 물었다.

"나리. 이 자세 말입니다. 도통 잘 안돼서."

《변가권법》이라는 제목의 무예서였다. 이는 삐쩍 마른 왜소한 체구임에도 포졸 되는 것이 꿈인 쪼깐이를 놀려 먹기 위해 변상벽이 직접 그림까지 그려 가며 만들어 주었던 가짜 무예서였다. 첫 장부터 마지막 장까지 한눈에 보기에도 허황된 내용들로 가득했지만, 우리의 불쌍한 쪼깐이는 열심히 익힌 듯하였다.

"쯧쯧. 포졸이 되겠다는 녀석이 이거 하나 못해서 어디에 쓰겠느냐? 자세 잡아 보거라."

변상벽이 팔을 걷어붙이고 공격 자세를 취하자, 쪼깐이는 어떤 공격이든 막아 낼 수 있다는《변가권법》의 기본 방어 자세를 취했다. 양 손등을 반대편 양 볼에 붙이는 이른바 '호식만세(虎食饅勢): 만두 먹은 호랑이)' 자세였다. 금세 진지해진 쪼깐이에게 변상벽이 외쳤다.

"자, 막아 봐!"

날아드는 변상벽의 주먹을 막기 위해 쪼깐이가 손날을 휘둘렀다. 한 번은 어찌 막았는데, 곧이어 날아오는 마구잡이 주먹질과 발길질은 당해 낼 방도가 없었다. 조잡하게 공격하고 조잡하게 맞으며 저잣거리에 먼지만 피우는 바보들이었다.

변상벽이 비록 집안에서는 천덕꾸러기였지만, 그래도 저잣거리에서는 제법 어깨에 힘을 주고 다녔다. 몇몇 상인들은 거리를 걷는 변상벽 포교를 먼저 알아보고 약과라든가 대추라든가 하는 것들을 드셔 보라며 건넸는데, 먹거리 아래로 뇌물이 몇 푼씩 오가기도 했다. 포교에게 괜히 밉보였다가는 장사하기 힘들기 때문이었다. 변상벽의 입장에서는 다행이었다. 아직 정직당한 것이 소문나진 않은 모양이었으니 말이다.

이처럼 변상벽이 포교 대우를 받을 때면 쪼깐이는 자기 주인이 그렇게 대단해 보일 수가 없었다. 쪼깐이는 변상벽이 늘 주지시켰던 말을 떠올렸다.

"너나 나처럼 천한 것들은 돈이라도 많아야 한다. 돈! 돈이 양반이고, 벼슬이다 이 말이야. 알아듣겠느냐?"

변상벽이 저잣거리를 둘러보며 푼돈 수금을 하는 동안, 쪼깐이의 시야에 무언가 들어왔다. 담벼락 아래에 모인 사람들이 웅성거리는 모습이었다. 방문이 붙은 것이었다. 사람들의 어깨 너머로 보이는 방문에 적힌 글을 더듬더듬 읽어 내려가던 쪼깐이의 표정에 의아함이 더해져 갔다.

"쪼깐아! 쪼깐아!"

부르는 소리에 돌아가 보니, 변상벽이 상인에게 받은 엿과 과자를 잔뜩 건넸다. 옷 주머니에 챙겨 두라는 것이었다.

"바짝 붙어 따르지 못하고 어딜 그리 싸돌아다니는 것이냐?"
"방문이 붙었습니다요."
"방문? 뭐라 쓰여 있더냐?"
"그게… 고양이를 찾으면 관직을 준다는데요."

그러자 변상벽이 쪼깐이의 머리를 쥐어박았다.

"이놈아. 관직이 장난이더냐? 세상천지에 누가 고양이를 찾는다고 관직을 준단 말이냐? 캬, 이놈 참. 너 아직 까막눈이면 포졸 시험도 물 건너가는 것이야."
"아, 진짭니다. 제가 두 눈으로 똑똑히 봤습니다요."

쪼깐이가 억울해하자 변상벽이 직접 방문을 확인해 보는데, 그 내용이 다음과 같았다.

[이 고양이를 찾아 데려오거나 숨겨 둔 것을 고하는 자가 있어, 그자가 양인이면 자급을 올려 관직을 줄 것이고, 서얼과 천민이면 양인으로 영속시켜 벼슬길에 통하게 할 것이며, 면포를 받기를 원하는 사람은 관에서 60필을 줄 것이다. 고양이는 금빛 털의 꿀묘로, 걸을 때의 길이가 한 자에 달하며, 오색 줄로 된 목줄에는 '금손'이라는 제 이름이 쓰였고…]

정말로 고양이를 찾으면 관직을 준다는 내용이었다.

변상벽이 헛웃음을 터뜨렸다.

"허. 별일이군. 고양이를 찾으면 관직을 준다니…."

"그것 보십쇼. 나리! 제가 똑바로 읽은 것이라니까요."

기가 살아난 쪼깐이가 외쳤다. 방문의 내용을 의아해하던 변상벽에게 주변 사람들의 웅성거림이 들렸다. 문제의 고양이가 '임금의 고양이'라는 이야기였다. 들어 본 적 있었다. 임금이 궁궐에서 기른다는 금빛 고양이. 그놈 참 신세도 좋지, 생각했었다.

"암만 그래도 집 나간 고양이를 무슨 수로…."

그때 문득 지난 기억 하나가 머릿속에 스쳤다.

궁궐 담을 넘어 자신의 위로 떨어졌었던 광대탈들. 그리고 그들이 들고 있던 자루 안에서 움직였던 것. 그 안에서 들렸던 소리… 소리? 소리가 났었다. 뭐였지? 매애? 매오?!

"매애옹!"

그건 분명 고양이의 울음소리였다!

"가만있자. 이거 혹시…."

변상벽이 방문을 통째로 뜯어내 자세히 살피기 시작하자, 사람들이 볼멘소리를 냈다.

"왜? 다른 데 가서 봐! 저기도 붙었잖아."

도리어 호통질이었다. 방문의 구석에는 고양이의

모습이 그려져 있었다. 앞서 임금이 어설프게 그렸던 금손의 그림을 누가 옮겨 그린 것이었다.

변상벽이 자신이 근무했던 좌포청에 헐레벌떡 도착했다. 좌포청 입구는 이미 백성들로 인산인해였다. 신세 한번 고쳐 보자고 온갖 종류의 노란 고양이, 즉 '꿀묘'들을 임금의 고양이라며 데려온 백성들이었다. 그 사이에 끼어 버린 변상벽은 문지기 포졸들에게 손을 흔들었다.

"야, 얘들아. 박 포졸! 여기 나! 나 좀 들여보내 줘!"

포졸들은 변상벽을 알아보았지만, 못 본 척하기 바빴다. 안 되겠다 싶어진 변상벽은 기를 쓰고 사람들 사이를 비집고 들어갔다.

변상벽이 먼저 온 사람들을 막무가내로 밀쳐 내며 좌포청 안으로 들어가려 하자, 곤봉을 든 거대한 덩치의 신입 포졸 하나가 떡하니 앞을 가로막았다.

"에헤이! 밀지 마시고 줄을 서시오, 줄을!"

"이놈아! 나 변 포교다. 급한 일로 종사관 나리를 만나러 온 것이야!"

"포, 포교? 그럼 통부를 좀 보여 주시죠."

"그게… 포청 안에 있어, 안에."

대충 얼버무리고 넘어가려는데, 일전에 변상벽에게 곤장을 쳤던 포졸이 멀찌감치서 이를 목격하고 끼어들어 나섰다.

"막내야! 정직 중인 포교는 일반 백성과 다름없으니, 함부로 들이지 말거라!"
"예!"
"뭣이? 야! 너희들 내가 정직 끝나면 가만히 둘 것 같으냐?!"

화가 난 변상벽이 자신을 막아선 막내 포졸의 멱살을 쥐고는 괘씸하다, 가만 안 둔다 하며 난리를 피웠다. 덩치 큰 막내 포졸에게 매달린 변상벽의 모습이 코끼리와 씨름하는 개미 같았다. 이 모든 난리 통을 지켜보던 종사관이 연신 마른세수를 하며 말했다.

"들라 하라."

종사관과 마주한 변상벽은 간밤에 자신이 겪은 일과 임금의 고양이 사건을 연관시켜 설명했다. 정돈되지 않은 말들이 순서 없이 쏟아졌다.

"… 광대탈을 쓴 자들과 복면을 쓴 자가 단검을 꺼내 가지고 서로 휘두르는데, 제가 그 앞을 떡하니 막아섰거든요. 그때 발아래 자루 안에서 매애옹 하고, 고양이 소리 있죠? 매옹, 매애옹~ 그러니까 광대탈 쓴 자들이 아마도 궐 안에서…"
"변 포교. 아니, 변상벽아."
"네?"

애초에 귀 기울여 듣지도 않고 있던 종사관이, 횡설수설하던 변상벽의 말을 끊었다.

"내 그간 변 대감 체면도 있고, 네 쥐뚱만 한 재능도 귀히 여겨, 네놈이 아무리 망나니같이 굴어도 저놈이 그래도 반성하겠지, 정신 차리겠지 하고 기다렸건만! 지금 와서 하는 소리가 겨우 그것이냐?"

"아니, 제 말은…"

종사관이 책상을 쾅 내리치며 말했다.

"듣기 싫다! 더 이상 허황된 말로 죄를 벗으려 한다면 또다시 매를 들 것이야!"

변상벽이 좌포청 밖으로 걸어 나왔다. 문지기 포졸이 수군대며 조롱했지만, 대꾸도 않고 묵묵히 걸음을 옮겼다. 주먹을 꽉 쥐는 바람에 들고 있던 방문이 형편없이 구겨졌다. 펼쳐서 그 내용을 다시 한번 바라보던 변상벽은 이내 결심했다. 자신이 직접, 무슨 수를 써서라도, 어떻게든, 반드시! 임금의 고양이를 되찾겠노라. 그래서 좌포청 놈들의 코를 납작하게 만들고, 임금 덕후인 아버지 변 대감에게도 큰소리를 칠 것이다!

상상 속에서 변상벽이 임금의 금빛 고양이를 높이 쳐들었다.

"여, 보시오! 이것이 바로 임금의 고양이요!"

그 앞에 종사관이며 변 대감이며 무릎을 꿇고 앉았다.

"내 생각이 짧았네. 사과의 의미로 나 대신 종사관이 되어 주게. 변 종사관!"

"오오… 상벽아! 변씨 가문의 자랑, 내 아들아!"

밖에서 변상벽을 기다리고 있던 쪼깐이가, 포도청 문 앞에서 기분 나쁘게 히죽거리고 있던 변상벽에게 다가왔다.

"나리, 나리! 어찌 되셨나요?"

그제야 정신이 든 변상벽이 침착하고 근엄하게 대답했다.

"비밀 수사 거리가 하나 있는데… 나와 함께 해 보겠느냐?"

쪼깐이의 눈이 반짝거렸다.

유기아 놈들과 도둑고양이라

동궐 외곽의 담벼락 앞에 변상벽과 쪼깐이가 도착했다. 술 취한 변상벽이 오줌을 누다가 자객들의 싸움에 휘말려 흠씬 두들겨 맞았던, 바로 그 현장이었다.

"그러니까 이곳이 나리가 자객들을 때려눕혔던…"

"그랬지. 내가, 아니 그놈들이 여기 이렇게 쓰러져서는….

변상벽이 자신의 무용담을 대충 얼버무리곤 말했다.

"이번 일은 사고가 아니라 사건이다. 범인을 찾아야 해결된다는 말이지. 그리고 모름지기 범인은 반드시 현장에 흔적을 남긴다. 암."

큰소리친 것이 무색하게도 담벼락 주변에 범인의 흔적이라 할 만한 것은 남아 있지 않았다. 목격자도 없었다. 대낮에도 오가는 이가 거의 없는 외진 곳이었다. 한밤중엔 더더욱 목격자가 있을 리 만무했다. 애초에 사람의 발길이 없는 곳이니 자객들도 이리로 도망을 친 것이었겠지. 흐트러져 있는 발자국들 중 그나마 단서가 될 만한 것들이 있나 확인해 보고 있는데, 두리번대던 쪼깐이가 담벼락이 수상하다며 다가가 냄새를 맡았다.

"아이고, 찌린내! 어떤 썩을 놈이 오줌을 지렸나 봅니다. 쳐 죽일 놈 같으니라고."

"크흠, 이, 이놈아. 애먼 데다가 한눈팔지 말고, 단서가 될 만한 걸 찾아보거라."

그러자 쪼깐이가 이번에는 담벼락 인근에 떨어져 있던 풀 뭉치를 주워 들어 처음 보는 것이라며 냄새를 맡았다.

"킁킁. 풀에서 묘한 향이 납니다. 뭔가 수상한데요."

"풀은 무슨 풀! 왜 자꾸 냄새를 맡느냐. 개도 아니고…. 이리 와 보거라."

변상벽은 흙바닥에 찍힌 발자국 하나를 살펴보고 있었다. 미련을 버리지 못한 쪼깐이는 풀 뭉치를 대충 바지춤에 챙겨 넣고는, 변상벽의 곁에 쭈그리고 앉았다.

"이 발자국이 어떻게 보이느냐?"
"잘 보이는데요."

변상벽은 쪼깐이의 머리를 한 대 쥐어박았다.

"쇠털을 붙여 소리가 나지 않게 한 신발이어야 이런 발자국이 생긴다. 모르긴 몰라도 범인은 경험 많은 자객이나 전문적인 도둑이라는 말이야. 알겠느냐? 이게 진짜 단서라는 것이다. 오줌 자국이나 풀 뭉치가 아니라, 이놈아."
"아아, 예. 나리. 명심하겠습니다요!"

쪼깐이가 발자국을 들여다보고, 비교해 보고, 암튼 조사에 열심인 동안 변상벽은 그늘에 가 앉았다. 여유롭게 보였지만 실은 난처했다. 현장에 오면 뭐라도 건질 수 있을 줄 알았지만 실마리로 삼을 만한 것이 하나도 없었기 때문이었다. 담벼락을 따라 마을로 내려가는 동안에도, 평소엔 흔하기만 하던 고양이의 '고' 자도 보질 못했으니. 수사다운 수사는 해 보지도 못한 채 이대로 끝마쳐야 할 판이었다.

만년 포교라는 별칭이 붙을 만큼 오랫동안 포교 자리에 있었지만, 제대로 된 사건을 도맡아 수사해 본 게 언제였는지 기억도 나지 않았다. 평소에는 대부분 거리의 무뢰배나 도둑놈들을 때려잡는 일을 했고, 간혹 머리를 써야 하는 수사 사건이 생기면 종사관이나 다른 부장이 시키는 일을 하거나, 때때로 꼼수를 부리고 허세를 부리며 어디 가서 뜯어먹든

지 얻어먹을 요량이나 궁리하는 것이 그의 주된 이력이었다. 아까의 쇠털 붙인 신발 자국 이야기도 실은 진짜가 아니었다. 비밀 수사랍시고 쪼깐이까지 데리고 왔는데, 아무런 단서도 찾지 못한 채 돌아가자고 할 순 없어서, 대충 아무 발자국이나 놓고 떠들어 본 것이었다. 물론 변상벽도 처음부터 이 모양 이 꼴은 아니었다. 비록 서얼 신분이지만 언젠가 보란 듯이 공을 세워 벼슬길에 오르겠다고 생각했던 적도 있었다. 그때가 되면 변씨 집안의 자랑스러운 일원으로서 아버지의 인정도 받을 수 있으리라고. 하지만 기껏해야 포교 정도의 관직으로는 제아무리 매일 밤 무뢰배나 술꾼들을 추포한다고 해도 아무것도 달라지는 것이 없었다. 나아질 미래가 없으니 무엇을 해도 의미를 찾을 수가 없었다. 그때부터였다. 돈에 의미를 두게 된 것도, 만년 포교라는 별칭으로 불리게 된 것도.

"나리!"

돌아가는 길에 쪼깐이가 또 무언갈 발견하고 외쳤다. 싸리 울타리 틈으로 보이는 꿀묘 한 마리였다.

"꿀묘입니다. 꿀묘! 저기!"

변상벽은 한심하다는 듯 혀를 차며, 짐짓 점잖게 일렀다.

"이놈아. 이번 일은 사고가 아닌 사건으로 접근해야 한다고 하지 않았느냐? 고양이를 찾으려고 하지 말고 범인을 찾으면, 고양이는 자연히 찾을 수 있는 것이다, 이 말이야."

그럼에도 쪼깐이는 방문을 펼쳐 고양이 그림과 꿀묘를 번갈아 비교해 보더니, 고개를 갸웃거렸다.

"근데… 생김새가 비슷한데요."
"어허! 아니라니까, 고양이가 아니라 범인을 찾아야 된다니까."
"길이도 비슷할 거 같은데…."
"어허…."

슬쩍 보니 정말로 그림 속 고양이와 눈앞의 꿀묘가 꽤나 비슷해 보였다. 변상벽이 괜히 헛기침을 했다.

"크흠. 네놈이 정 그렇다면… 뭐 실습 삼아 길이만 한번 재 볼까?"

변상벽과 쪼깐이가 싸리 울타리 양쪽에 서서 조심스레 꿀묘에게 다가갔다. 눈치를 챈 꿀묘가 몸을 웅크리는가 싶더니,

"잡아!"

도망치기 시작했다. 싸리 울타리 틈으로 빠져나간 꿀묘는 골목을 이리저리 오갔다. 제 키보다 몇 배는 높은 돌담을 훌쩍 넘어 남의 집 마당으로 들어가더니, 옹기 사이를 빙빙 돌아 나갔다. 변상벽과 쪼깐이는 체면이고 뭐고 돌볼 틈도 없이 그 꽁무니를 쫓아 뛰는 것만으로도 정신이 나갈 지경이었다.

도망치는 꿀묘를 따라 골목을 휘젓던 변상벽과 쪼깐이는, 어느새 질퍽이는 흙바닥에 지어진 움막집들과 무너져 가는 담벼락 사이를 뛰고 있음을 깨달았다. 빈민촌이었다. 평소였다면 절대 들어가지 않았을 더럽고 불쾌한 지역이었다. 그만둘 법도 한데 두 사람은 지금까지 이리저리 끌려다닌 것이 분통 터지는지, 아니면 그만큼 집중을 한 탓인지, 계속해서 고양이를 쫓기 바빴다. 별일이긴 했다. 변상벽과 쪼깐이는 꿀묘를 따라 사람 하나가 겨우 지나다닐 만한 돌담 틈으로 들어갔다. 그제야 막다른 길에 도달해 어쩔 줄 모르고 웅크린 꿀묘가 보였다.

"헥헥, 이놈…. 이제는 얌전히…"

그때였다.

"우아아!"

갑자기 머리 위에서 물벼락과 돌팔매질이 들이닥쳤다. 빈민촌 아이들의 짓이었다. 신이 난 아이들이 무어라 외치고 있었다. 절반은 비명에 가까운 외침이었기에 정확히 들리진 않았지만, 욕을 지껄이고 있다는 건 알 수 있었다. 어설픈 공격이지만 사방에서 날아오는 것이다 보니 변상벽도 쪼깐이도 정신을 차리지 못하고 좁은 돌담 사이에 끼어 꼼짝없이 맞기만 했다.

"이놈들아! 내가 누군 줄, 좌포청 포교 변…!"

속수무책으로 당하고 있던 변상벽은 습관적으로 통부를 내밀기 위해 옷 속을 뒤적이다가, 정직되어 반납했다는 것을 뒤늦게 떠올렸다.

휘익, 퍽!

돌팔매가 이마에 정통으로 꽂혔다. 변상벽이 진흙탕 위로 꼬꾸라졌다.

변상벽과 쪼깐이가 기를 쓰고 쫓던 꿀묘, 똘이가 초가지붕 위에서 늘어지게 하품을 했다. 그 아래 마루에 젖은 생쥐 꼴로 앉아 있는 두 사람을 놀리는 것처럼도 보였다.

"진작에 말씀을 하시지."

젊은 여인이 말했다. 여인은 거지꼴을 한 아이들과 함께 진흙투성이가 된 변상벽의 초립을 물로 닦고 있었는데, 그 물이란 게 담아 둔 빗물이다 보니 닦는 건지 더럽히는 건지 모를 정도였다.

"뉘신지 알았으면 저희가 막, 이렇게, 그러지는 못했을 텐데."
"아까 분명 포교라고…"
"하긴! 워낙 정신이 없으셨을 테니까."

여인은 변상벽의 말을 듣는 둥 마는 둥 제 얘기만 하더니, 물이 뚝뚝 떨어지는 초립을 탁탁 털어 가지고 왔다. 조금 전 아이들과 함께 선두에서 돌팔매를 날리던 여인이었다. 여인은 초립을 건넸을 뿐인데도 괜스레 움찔하게 되는 변상벽이었다.

여인이 마루에 걸터앉았다.

"아까의 무례는 너그러이 헤아려 주시지요. 이곳의 아이들 대부분은 유기아(遺棄兒)들이온데, 근래에 실종되는 일이 잦아 외부인의 출입을 조심스러워합니다."

변상벽이 시큰둥해했다.

"이미 버려진 애들을 누가 잡아가기라도 한단 말인가? 뭐, 포청에는 말해 보았고?"

"포청 나리들도 같은 말씀을 하셨습니다. 유기아 한둘 사라지는 것까지 신경 쓸 수는 없다며. 그래서 스스로 지키게 된 것이고요."

여인이 돌팔매질에 쓰였던 돌들을 만지작거렸다.

"게다가 얼마 전부터 임금의 고양이네 뭐네 하면서 거리의 고양이들을 보이는 대로 마구 잡아가는 자들까지 생겨서…. 이곳 사람들에게는 고양이들도 가족이라서요."

"뭐… 그렇구려."

"포교 나리도 그런 몰지각한 놈들 중 하나인 줄 알고 오해를 했지 뭡니까. 포교 나리는 절대 그런 형편없고 치졸한 짓을 하실 리가 없을 텐데요."

변상벽과 쪼깐이가 괜한 헛기침을 했다.

"그, 그럴 리 있겠소. 아까도 말했지만 우리는 지나다가 고양이가 예뻐서 그저…"
"암요. 우리는 그저, 예예."
"그럼 묘집사이신가요?"
"그게 뭐요?"
"고양이를 아끼는 이를 부르는 별칭입니다."
"아, 그럼 뭐 그런가 보오. 묘집사. 응."

대충 고개를 끄덕이던 변상벽이 여인을 살펴보니, 빈민촌의 다른 이들과는 달리 비교적 정갈한 차림새였다.

변상벽이 아까부터 궁금했던 것을 물었다.

"저 애들이 댁한테 묘마마, 묘마마 하던데 그건 또 뭐요?"
"한가탕반 있죠?"
"한가탕반?"

변상벽은 갸웃했지만, 쪼깐이가 먼저 알아들었다.

"그, 있잖습니까. 여기 사거리 뒤에 탕반집. 왜 저번에 모전교에서 술 자시고 가마꾼이랑 싸우셨을 때 해장한다고 들르시지 않았습니까."
"아, 그래! 기억나는구나. 아유! 거기 음식들이 하나같이 맵고 짜서…"
"제 이모님이 하시는 곳입니다."
"자고로 음식은 맵고 짜게 먹어야지, 암. 그렇고 말고…."

변상벽이 당황해 아무 말이나 했다.

몇 년 전부터 이모의 탕반집 일을 돕던 여인은 잔반을 모아 거리의 굶주린 고양이들을 위해 조금씩 내어놓곤 했다. 어느 날 빈민촌의 유기아들이 고양이들과 함께 잔반을 먹고 있는 모습을 보았고, 그 모습이 안타까웠던 여인은 틈틈이 이곳 빈민촌에 와 배식을 하게 되었다고 한다. 그러다 보니 어느새 여인에게 '묘마마'라는 별칭이 붙은 것이었다. 이 빈민촌에 특히 고양이가 많이 모여 사는 것도 그러한 이유에서였다.

변상벽이 작게 중얼거렸다.

"유기아 놈들과 도둑고양이란 말이지."

변상벽은 그 둘이 제법 어울린다고 생각했다. 담 넘어 생선이나 훔쳐 먹는 도둑고양이나, 미래의 좀도둑인 빈민촌 유기아들이나, 포교인 그가 보기엔 별반 다르지 않았기 때문이었다. 이번만 해도 수사를 방해하질 않나, 돌팔매질을 하질 않나, 아주 고약한 놈들이 따로 없었다. 정직만 안 당했으면 당장 옥에 가두는 것도 가능했다.

그때 쪼깐이가 변상벽을 부르는 목소리가 들렸다.

"나… 나으리. 이것 좀 도와주십쇼."

고양이 댓 마리가 쪼깐이에게 찰싹 달라붙어 몸을 과하게 비비고 있었다. 심지어 배를 까고 드러눕는 놈도 한두 놈 되었다. 해괴한 상황에 놀란 쪼깐이는 꼼짝도 하지 못하고 얼어붙었다.

"얘들이 왜 이러지?"

묘마마가 다가가 고양이들의 반응을 이래저래 살펴보았다. 그러더니 갑자기 불쑥 쪼깐이의 바지 주머니에 손을 넣고는, 풀 뭉치를 꺼내어 살폈다. 아까 담벼락 현장에서 주웠던 그 풀 뭉치다.

"이건 개박하로군요."

"개박하?"

"약재로도 쓰이는 박하의 일종인데, 고양이들의 관심을 끄는 데 제격이지요. 간혹 개박하에 취한 고양이들은 몸을 가누지 못하는 것처럼도 보이는데 어디가 아픈 것은 아니고, 도리어 기분이 좋아 그러는 것이니 사람으로 치면 술에 취한 셈이랄까요."

묘마마가 개박하의 냄새를 맡으며 말을 이었다.

"하지만 향의 세기나 고양이들의 반응으로 보건대 평범치는 않은 듯합니다."

"평범치 않다?"

"청나라산 개박하일 거라는 말입니다. 그 향이 워낙 강력하여 고양이뿐만 아니라 호랑이도 끌어들인다는 이야기가 있을 정도로 귀한 것인데, 이걸 도대체 어디서 구하셨는지요?"

변상벽이 회심의 미소를 지었다. 이런 게 진짜 단서다 싶은 것이었다.

모내기 때는 고양이 손도 빌린다

임금은 본래부터 감정의 기복이 심하였다.

세자 시절, 낙죽(우유죽)을 마시다 송아지 우는 소리를 듣고 측은한 마음에 먹는 것을 그만두었을 정도로 부드러운 면모가 있었지만 한번 화가 나면 걷잡을 수 없을 정도로 신경질적이었고 때론 극단적이기도 했다. 열넷이라는 이른 나이에 왕위에 오른 뒤 집권 당파를 손바닥 뒤집듯 바꾸는 환국(換局)을 세 번이나 일으켜 조정에 피바람을 일으켰던 것 또한, 그의 그러한 성격에 기인한 것이었다. 이를 기억하는 궐내 모든 신하들은, 노년의 유일한 낙이었던 금손을 잃은 충격과 병환으로 우울과 분노 사이를 오락가락하는 임금을 보며 매일을 살얼음판 걷듯 지낼 수밖에 없었다. 지금도 그랬다.

와장창!

어의가 내어 온 한약을 담은 그릇이 놓여 있던 소반이 통째로 뒤집어졌다.

"전하, 옥체를 보존하셔야 하옵니다."
"필요 없다 하지 않았느냐! 당장 물러가라."

임금은 벌써 이틀째 식음을 전폐하다시피 하며 침전에 누워만 있었다. 몸이 분한 심정을 이기지 못하였는지 물 한 모금이라도 먹기만 하면 체하여 토하니, 무슨 일이라도 날까 싶어 궐내의 신하들 모두가 안절부절못했다.

"세자 드옵니다."

임금이 굳은 표정으로 세자를 살폈다. 평소였다면 금손 때문에 자신의 침전에 들어오자마자 기침과 콧물 등으로 힘들어했을 세자였다. 그런 세자가 아무렇지 않게 자신의 앞에 앉아 있는 모습을 보니, 임금은 금손이 사라졌다는 사실이 더 크게 느껴졌다.

"네가 내 앞에서 이리 편히 있는 것은, 금손의 부재 덕이겠구나."
"전하. 저는 그저…"

가시 돋친 인사말에 잠시 말을 잇지 못하던 세자가 겨우 입을 떼었다.

"금손의 가출은 제게도 가슴 아픈 일이오나, 바라

옵건대 옥체를 먼저 돌보심이…"

"가출? 정녕 그리 생각하느냐?"

임금이 말을 이었다.

"너도 귀가 있으니 알 것이다. 네 후사를 걱정하는 자들에게는 금손이 눈엣가시였다는 걸 말이다."

임금이 세자의 왕위 계승권을 지키려는 소론에 관한 의심을 노골적으로 드러내자, 놀란 세자가 그 자리에 엎드려 말했다.

"전하. 누가 감히 그런 짓을 할 수 있단 말입니까? 삼가 생각하옵건대 아무래도…"

그때 문밖에서 상전(尙傳)의 보고가 들려왔다.

"대사헌 서창집 드옵니다."

"들라 하라! 긴히 할 얘기가 있으니 나머지는 모두 물러가라."

세자가 물러간 자리에 서창집이 와 앉았다. 사실 궐내 신하들의 여론은 고양이 한 마리 가출한 것으로 방문을 붙이고 의금부까지 동원하는 임금이 과하다는 쪽이었기에 조금씩 불평이 쌓여 가고 있었다. 하지만 이미 의심을 굳힌 임금은 방문과 의금부로도 모자라 서창집을 통해 따로 수사를 진행하는 중이었다.

"지난번에 알아보라 한 건 어찌 되었소?"

"예, 전하. 얼핏 보아서는 알기 어려우나, 금손의 처소에서 침입의 흔적을 찾았습니다."

"그렇다면 역시… 소론의 짓이오?"

"그렇게 단정 짓기는 어렵습니다만…"

"다만?"

"다만, 소신의 우견(愚見)을 물으신다면…"

서창집이 고개를 조아리며 말했다.

"무릇 용의자를 특정하려 했을 때에는, 범행으로 가장 큰 이득을 보는 자부터 고려해 보기 마련입니다."

말을 마침과 동시에 서창집이 가지고 온 것을 임금에게 건네었다.

"사헌부 장령이 찾아낸 것들이옵니다."

그것은 누군가가 나눈 서신들이었다. 하나씩 읽어 내려가는 임금의 표정이 점점 구겨져 갔다.

*

변상벽의 뒤를 졸졸 따르던 쪼깐이의 눈이 휘둥그레졌다. 이국적인 옷차림을 한 당대의 힙스터들, 거리 곳곳에서 들려오는 청나라 말. 오래된 성벽에 남겨진 사나운 붓질은 그라피티를 연상케 했다. 예로부터 청의 사신단이 묵었던 것으로 유명한 홍제교 거리로 들어선 것이었다.

"나으리, 저것 좀 보십쇼! 아니, 저기 저자는 머리 꼭대기에 뭘 쓴 거랍니까? 나으리, 여기, 나으리!"
"시끄럽다! 한성 촌놈이라더니, 네놈이 딱 그 꼴이구나."

쪼깐이가 멋쩍게 웃었다.

"나으리, 근데 홍제교까지 왜 오신 겁니까? 꿀묘가 여기 있답니까?"
"아, 이놈아. 포졸은 몸만 쓴다더냐? 이 기회에 머리로 궁리를 해 보거라. 누군가 임금의 고양이를 훔쳤고, 현장에는 청나라산 개박하, 그럼 뭐겠느냐?"

잠시 생각에 빠졌던 쪼깐이가 스스로 낸 결론에 놀라 목소리를 죽여 작게 말했다.

"오메, 청나라에서 임금의 고양이를 훔친 걸깝쇼?"
"너무 많이 갔다."

오랜만에 머리를 쓰기 시작한 전직 포교 변상벽은, 담을 넘던 광대탈들이 임금의 고양이를 납치하기 위해 청나라산 개박하를 사용한 것으로 추측했다. 고양이가 스스로 다가와 몸을 비벼 댈 정도니 조용히 끌어내기에 적당했을 것이었다. 쓰고 남은 개박하를 그날 담벼락 아래에서 싸우던 도중에 흘린 것일 테고.

"성저십리(城底十里)에 청나라 개박하를 구할 수 있는 유일한 곳이라면 어디겠느냐?"

골목 안쪽으로 들어가자, 구불구불한 더 작은 골목이 나타났다. 그곳에는 밀매상들의 점포가 다닥다닥 모여 있었다. 간간이 보이는 무섭게 생긴 사내들이 변상벽을 알아보고는 길을 내어 주었기에 무사히 내부로 들어갈 수 있었다. 겁먹은 쪼깐이는 자신이 변상벽과 일행이라는 것을 알리려는 듯 자꾸만, "좌포청 변상벽 포교 나으리."라며 풀 네임을 불러 댔다. 점포들은 불법으로 사들인 듯한 온갖 물건들을 늘어놓고 판매하는 중이었다. 그중 한 가게로 들어가려던 변상벽이, 진귀한 물건을 구경하느라 넋을 놓고 있는 쪼깐이에게 호통을 쳤다.

"이놈아! 거기서 뭐 하냐? 구경 왔더냐?"

그 소리에 가게 안쪽에 있던 밀매상 봉식이가 슬쩍 밖을 내다봤다. 바로 표정이 구겨졌다.

"저, 거머리 놈이 왜 또…."

봉식이는 하던 일을 멈추고 재빨리 점포 내부의 비밀 공간에 제 몸을 숨겼다. 간발의 차이로 변상벽이 쪼깐이를 끌고 가게 안으로 들어왔다.

"봉식아! 봉식아! … 아무도 없느냐?"

변상벽이 빈 가게를 둘러보며 몇 번이나 봉식이를 불렀지만, 봉식이는 꼼짝 않고 숨어 나타나지 않았다.

"안 나가. 암. 안 나가지…."

없는 척하고 버티면 딴 가게로 가 버리지 않을까 하는 생각이었다. 변상벽의 눈에 불이 채 꺼지지 않은 곰방대가 보였다. 요놈 봐라? 변상벽은 곰방대를 빡빡 빨며 밀매품 진열대로 향했다.

"어디 보자. 뭐가 제일 귀하려나."

희귀한 청나라 밀매품들을 구경하나 싶던 변상벽은 진열된 물건을 하나씩 바닥에 떨어뜨리며 능청을 떨었다.

"어이쿠. 떨어뜨렸네! 어이쿠! 주우려다가 밟아 버렸네?"

하나씩 깨지거나 부서질 때마다 숨어서 지켜보던 봉식이의 마음도 함께 깨어졌지만, 봉식이의 다짐은 굳건했다.

"안 나가. 죽어도 안 나가…."

화려한 장식의 유리 거울까지 와장창 깨어졌다.

"그래도… 안 나가…."
"청나라 다듬이는 요란하게도 생겼구나."

변상벽이 다듬잇방망이처럼 생긴 원통형 물건을 집어 들고 이리저리 살펴보았다. 지켜보던 봉식이의 심장이 유독 빠르게 뛰었다. 그것만은 안 돼, 봉식이가 속으로 외쳤다.

"쪼깐아, 가져가 빨래할 때 쓰거라."

변상벽이 쪼깐이를 향해 원통형 물건을 휙 집어 던졌다. 그것이 쪼깐이를 지나쳐 바닥에 떨어지려 하는 순간,

"나가!"

더는 참지 못하고 뛰쳐나온 봉식이가 몸을 날려 겨우 물건을 받아 냈다.

"아, 이게! 얼마나 진귀한 것인지나 아십니까?!"

변상벽이 태연히 대답했다.

"알 바더냐?"
"천 리 밖도 볼 수 있다는 천리경이란 말입니다! 청에서도 구하기 쉽지 않은…."

행여 망가지기라도 했을까, 봉식이가 천리경 곳곳을 두루 살폈다. 그걸 보던 변상벽이 손을 뻗어 천리경을 다시 빼앗았다. 그러곤 봉식이의 머리를 두드리는 용도로 썼다.

"이놈아. 솔직히 이 중에 태반은 다 가품 아니냐? 가품! 천 리는 무슨 십리경도 안 될 거 같은데. 아무튼 엄살은…."
"태반까진 아닙니다. 그리고 뭐 가품 구하기는 어디 쉬운 줄 아십니까?"
"그러냐? 근데, 그걸, 누가 여기서 팔 수 있게 해줬느냐? 응? 모시러 나와도 모자랄 판에, 숨어? 응? 숨어?"

"아휴! 그래서 얼마 전에 두둑이 챙겨 드리지 않았습니까? 저도 먹고는 살아야죠. 또 이렇게 오시면…."

봉식이가 손을 뻗어 천리경을 다시 받아 가려 하자, 변상벽이 아예 뒤춤에 감춰 버렸다.

"그래서 숨은 것이냐? 뭔가 달리 켕기는 게 있으니 숨은 것이 아니냐?"

"켕기는 거라뇨?"

변상벽이 천리경을 쪼깐이에게 넘기며 말했다.

"이놈이 똑바로 답하지 않으면 부숴 버리거라."

그러곤 봉식이에게 본론을 말했다.

"청나라산 개박하."

"예? 개박하요?"

"근래에 누구한테 판 적 없느냐?"

봉식이가 어이없다는 듯 콧방귀를 뀌었다.

"나 원 참. 개박하요? 그것은 가격도 비싸고, 찾는 이가 없어 단가가 안 맞습니다. 저희 쪽에서는 안 들여옵니다."

"아무래도 그냥 다듬잇방망이 같은데…."

쪼깐이가 천리경을 붕붕 아무렇게나 휘두르며 말했다. 서당개 삼 년이면 풍월을 읊는다고, 부패 포교의 쫄따구 삼 년이면 협박을 할 줄 알았다.

모내기 때는 고양이 손도 빌린다

"아앗! 야, 이 종놈아! 너 그게 얼마짜린 줄!"
"종…노옴?"

천리경이 쪼깐이의 손을 떠나 공중으로 던져졌다 잡혔다 했다. 당장이라도 경을 치겠다며 위협하는 봉식이를 피해, 쪼깐이가 변상벽의 뒤로 쏙 숨었다. 정녕 개박하를 판 적이 없었는지 변상벽이 재차 묻자 다급해진 봉식이가 말했다.

"아, 생각해 보니 몇 달 전에 있긴 했습니다요! 그래, 공구를 요청한 단체가 있어서 애들 시켜 전달하긴 했어요. 아는 바는 그게 답니다! 참말입니다!"
"공구?"
"네. 공구, 공동으로 구매를 한다는 말입죠."
"그 단체가 어디냐? 공구했다는."
"뭐였더라. 묘사… 뭐였는데…."
"묘사?"

봉식이 이내 기억해 냈다.

"맞아! 묘.사.모! 고양이를 사랑하는 모임!"

뒷골목의 정보원들을 통해 묘사모에 대해 알아본 결과 아니나 다를까 수상한 게 한두 가지가 아니었다. 양반집 여인들만 가입할 수 있는 금남(禁男)의 모임으로, 한 달에 한 번쯤 산속 별장에서 자신들이 돌보는 고양이를 데리고 모임을 가진다고 했다. 특히 모임의 뒤를 봐준다고 알려진 배후 인물은 그 정체가 숨겨져 있었다. 애초에 임금의 고양이를 노리는 일은 어지간한 배포로는 시도도 하기 어려웠을 것이다. 모르긴 몰라도 무언가 확실히 의심의 여지없이 수상한 것이 있다! 만년 포교 변상벽의 촉이 그렇게 말하고 있었다.

"엉뚱한 소리 마십시오."

묘마마가 국밥을 내놓으며 말했다. 묘사모 모임에 잠입하기 위해서는 데리고 들어갈 고양이 한 마리와 고양이에 관해 잘 아는 여성의 도움이 필요했는데, 아무리 생각해 봐도 묘마마뿐이었다. 부탁을 하려고 묘마마 이모의 탕반집에 쪼깐이와 봉식이까지 데리고 온 변상벽은, 고깃국에 산적까지 거하게 주문했는데 제안이 단칼에 거절당하자 당황한 눈치였다.

"그냥 둘러만 보고 오면 되네. 도와준 값은 두둑이 쳐 줄 테니."

"저 같은 년이 겉으로만 양반 흉내를 낸다고 그게 된답니까? 아휴, 되려 변이라도 당할까 두렵습니다."

"걱정 말래두. 여기 이놈이 이래 봬도 변장 하나는 감쪽같이 시켜 주니까."

변상벽이 국밥을 한 수저 뜨던 봉식이의 옆구리를 찌르자, 봉식이가 먹다 말고 거들었다.

"아. 그렇고말구! 우리 포청 나리들도 악한 잡겠다고 변장하지만 그게 어디 변장 축에나 끼는가?

우리 밀매상들은 말야. 걸렸다 하면 이 모가지, 모가지가 날아가거든! 남녀노소, 걸인부터 지체 높으신 양반까지, 걸음걸이며 말투까지 다 바꾸어 드리리다."
"… 안 됩니다. 다른 사람으로 알아보시죠."

묘마마가 다른 손님들을 받느라 돌아가 버리자, 변상벽이 한숨을 내쉬었다. 답답한 마음을 아는지 모르는지 국밥에만 정신이 팔린 쪼깐이와 봉식이에게 괜한 짜증만 났다.

"에라이. 굶어 뒤진 귀신이라도 붙었느냐! 도움 안 되는 것들."

머리를 쥐어박힌 쪼깐이가 투덜거렸다.

"식기 전에 먹어야지 않겠습니까…."

봉식이가 김치를 욱여넣으며 말했다.

"다른 여인네로 구해 보시죠. 몇 푼 쥐여 주면 줄을 설 텐데."
"고양이를 잘 다루는 여인이 필요하다 하지 않았느냐. 아무나 시켰다가는 금방 티가 날 것이다. 믿을 만하지도 못하고."

그때 묘마마가 불쑥 다시 나타났다.

"사라진 아이들을 찾아봐 주실 수 있으신지요?"
"그게 무슨 소린가?"

"간밤에도 유기아가 사라졌습니다. 한 달 동안 벌써 다섯 번째입니다. 나리께서는 포교이시고, 대감 댁 자제이시니 윗분들께 말씀이라도 건네 볼 것을 약조해 주신다면, 그 조건으로 돕겠습니다."

쪼깐이가 어리둥절해하며 말했다.

"근데 우리 나리는 서얼…"
"알겠네!"

변상벽이 쪼깐이의 말을 끊으며 사람 좋게 빙그레 웃어 보였다.

"내 꼭 찾아본다고 약조하지."
"알겠습니다. 단, 혼자서는 못 하겠습니다. 동행을 해 주십시오."
"거 참, 여인만 들어갈 수가 있대두."

묘마마가 봉식이에게 물었다.

"남녀노소 누구로든 변장이 가능하다지 않았소?"
"그렇소만."

묘마마가 천천히 고개를 돌려 변상벽을 위아래로 훑어보았다. 그제야 모두가 묘마마의 말이 무슨 뜻인지를 알았다.

"자, 자, 마님 등장이요!"

봉식이의 밀매상 안쪽에서 나풀거리는 비단 치마

를 입은 변상벽이 모습을 드러냈다. 가품인 청나라 보석으로 포인트를 준 양반집 마님의 의상이었다. 얼굴에는 빈대떡만큼 두꺼운 분칠을 하여 짙은 수염을 가렸으며, 머리 위에는 뱀이 똬리를 튼 듯 요란한 가체가 자리를 잡았다. 성공적인 변장에 모두가 즐거워 보였다. 물론 변상벽만 빼고.

"이게 맞아?"

뾰루퉁한 마님의 모습에, 쪼깐이가 웃음을 참느라 눈물까지 흘렸다.

"푸…흡… 흐흐흐!"
"그리 웃기냐? 이놈아."
"네. 망측하여서… 푸흡!"

치마를 허리까지 걷어든 변상벽이, 도망치는 쪼깐이에게 이단 옆차기를 먹였다. 그야말로 망측한 광경이었다.

그때 가게 안이 갑자기 환해지는 것 같더니, 양반집 규수로 분한 묘마마가 나타났다. 비단 치마는 제 주인을 만난 듯 차르르 흘렀고, 머리에 단 옥빛 떨잠이 빛을 내었다. 탕반집에서 국밥을 나르던 지저분한 모습과는 생판 다르게 귀티가 흘렀다. 그 모습을 지켜보던 남정네들이 잠시간 넋을 놓았다.

"헐…."

얼굴이 붉어진 쪼깐이가 자신도 모르게 작은 탄

식을 내뱉자, 그제야 정신을 차린 변상벽이, 덩달아 넋을 놓았던 것이 민망하기라도 한지 괜히 쪼깐이의 머리를 한 대 쥐어박았다.

"아, 왜 때리십니까요?"
"그르게, 왜, 응? 뭐? 왜 맞고 그러느냐."
"??"

묘마마는 비단옷을 차려입은 자신의 모습이 어색하기도 하고, 또 좋기도 한 듯, 거울 앞에 서서 연신 옷자락을 쓸어내렸다. 옆에 다가온 변상벽이 괜한 소리를 뱉었다.

"거, 옷이 날개라더니만. 딱 자네 얘기구만. 언제 또 그런 옷을 입어 보겠나, 안 그런가?"

묘마마가 신통찮다는 눈빛으로 변상벽의 위아래를 살폈다.

"뭐… 날개 단 걸로 치면 변 마님만 하겠습니까?"
"뭐라?"

옥신각신 다투던 둘 앞에, 붉은 주립을 깊게 눌러쓴 봉식이가 뒷짐을 지고 나타나 섰다.

"변할 변(變)에 꾸밀 장(裝). 변장!"

이전과는 다른 근엄한 목소리였다.

"다시는 변장을 무시하지 마시오!"

변상벽과 묘마마가 의아해했다.

"누가 언제…."
"어허! 조금이라도 빈틈을 보이면 목숨을 잃는 것, 그것이 바로 변장. 다시 말해, 일거수일투족, 손짓 하나 걸음걸이 하나까지 바꾸기 위해서는 이 노력, 피나는 노력이 필요하다 이 말이야. 자, 양반집 규수처럼 한번 걸어 보게!"

말이 점점 짧아지는 것이 신경 쓰였지만, 변상벽도 묘마마도 봉식이가 시키는 대로 양반집 규수 되기 훈련에 임했다. 막상 양반집 규수처럼 걸으려고 하니 한 발짝 떼기도 쉬운 게 아니었다. 해가 질 무렵까지 양반처럼 움직이기, 양반처럼 가만히 있기, 양반처럼 말하기, 양반처럼 먹고 마시기 등의 강도 높은 훈련이 계속되자 처음의 어색함은 어느새 사라져 갔다.

잠깐의 쉬는 시간. 밀매 상점 뒷마당에서 담뱃대를 뻑뻑 빨던 변상벽의 눈에, 똘이에게 먹을 것을 챙겨 주는 묘마마의 모습이 보였다.

"내 전부터 궁금해서 묻는 건데…"

묘마마가 고개를 들었다.

"거기에 무슨 이득이 있나?"
"이득이라뇨?"
"측은한 마음은 알겠네. 허나, 고양이든 유기아든,

아무리 밥 먹이고 챙겨 줘 봤자 기껏해야 좀도둑 밖에 더 되는가?"

"…."

"괜한 데다가 정 쏟지 말란 말일세. 내 말은."

묘마마가 똘이에게 마실 물을 내주며 말했다.

"윗물이 똥물이래도 아랫물은 맑아야지 않겠습니까."

"응?"

"모르시면 됐습니다."

똘이는 묘마마가 내온 식사를 쩝쩝거리며 먹었다. 변상벽도 묘마마도 그 모습을 바라보기만 할 뿐 잠시간 말이 없었다.

묘사모, 고양이를 사랑하는 모임

야금(夜禁)을 알리는 종소리가 도성에 울렸지만, 백악산에 위치한 비밀스러운 별장에서는 묘사모의 정기 모임이 열리는 중이었다. 별장의 입구에 나란히 세워진 화려한 장식의 가마들이 이곳을 오가는 양반집 여인들의 위세를 짐작할 수 있게 했다.

언덕 아래에서 보기 드문 청나라식 무늬가 수놓인 가마 두 대가 모습을 드러내자, 입구에 있던 사람들의 시선이 그리 모였다. 눈길은 특히나 가마에서 내린 두 명의 여인에게 쏠렸다. 너울로 얼굴을 가린 양반집 마님 변상벽과, 꿀묘 똘이를 품에 안은 양반집 규수 묘마마였다. 화려한 등장이었다. 부담스러운 시선을 느낀 변상벽이 너울을 다잡았다. 그러곤 가마꾼 중 하나로 변장한 봉식이에게 작게 칭얼거렸다.

"그러길래 평범하게 하자니까, 너무 시선을 끌고 있잖아. 사내인 걸 들키기라도 하면…."

"뭘 모르시네. 원래 이런 건 기세요, 기세."

“기세는 얼어 죽을, 누가 봐도 사내 같은데.”

대문 앞에서는 쇠도리깨를 허리에 찬 문지기들이 들어가는 이들의 출입패를 살피고 있었다. 걸어서 입구로 향하는 동안 변상벽의 칭얼거림이 더 심해졌다.

“지금이라도, 응? 묘마마 혼자 가는 게 어떨까, 그래, 어떤가? 응? 난 안 될 거야, 아마… 으억!”

변상벽이 굵직한 목소리로 짧은 비명을 질렀다. 호들갑 떨던 변상벽의 옆구리를, 보다 못한 묘마마가 꼬집어 버린 것이었다.

“거기, 무슨 일이오?”

문지기 하나가 다가왔다. 굵은 목소리의 비명 때문이었다. 변상벽이 당황해 굳어 있는데, 뒤에 있던 봉식이가 갑자기 제 발을 쥐며 펄쩍 뛰었다.

“아이고, 발이야! 산중이라 뭐가 물었나 봅니다.”
“쯧. 가마꾼은 밖에서 기다리거라.”
“그럼 소인은 여기까지….”

꾸벅 인사를 한 봉식이가 발을 매만지며 돌아갔다. 따라가려는 변상벽의 옷자락을 묘마마가 잡아끌었다.

“쫌!”

그때 문지기가 손을 내밀었다. 다른 사람들처럼

출입패를 보여 달라는 것이었다. 묘마마가 주머니에서 반원 모양의 패를 꺼냈다. 당연히 진짜가 아닌, 봉식이가 만든 모조품이었다. 패를 건네받은 문지기가 자신이 가지고 있는 또 다른 반원 모양의 패와 맞추어 보았다. 과연 들어맞을까? 들키면 끝장이었다. 반원 모양의 두 패를 맞붙이자 원형이 된 출입패에 온전한 고양이 그림이 드러났다. 문지기가 고개를 끄덕였다. 그제야 변상벽과 묘마마는 한숨을 돌렸다.

문지기가 출입패를 돌려주며 물었다.

"근데… 처음 보는 것 같소만, 뉘시오?"

질문! 충분히 예상한 바였다. 애초에 이런 상황을 대비한 묘마마에게는 준비된 대답이 있었다. 하지만 너무 긴장했던 탓일까? 머릿속이 하얬다.

"우리 마님으로 말할 것 같으면… 청에 다녀오신, 그, 영인… 그러니까…"

묘마마가 잠시 고개를 돌려 손바닥에 적어 둔 커닝 페이퍼를 확인했다.

"서장관, 그래! 서장관 행대어사로 청에 다녀오신 사헌부 장령의 영인!"

문지기가 고개를 갸웃거리며 무어라 되물으려 하자, 묘마마가 틈을 주지 않고 변상벽 마님을 가리키며 말했다.

"물론! 우리 영인께서 청에 오래 계시다 보니까, 우리말도 좀 서툴러지시고, 얼굴도 약간은, 그 사내다운 그런 게 생겨 버린, 그게 참 왜 그런지 몰라! 아무튼 나는 또 이분의 조카며느리인데, 물론 양반이고. 조부께서 일찍이 명대에 역관을…"

"아니, 그것이 아니오라. 안고 계신 꿀묘에 대하여 여쭌 것입니다. 처음 보는 아이인지라."

똘이를 가리키는 문지기의 눈이 반짝였다.

"아. 이 아이는 또… 똘이라고 하오."

과연 묘사모의 문지기다웠다.

문지기의 안내를 받으며 들어선 안마당에 펼쳐진 것은 그야말로 사람 반 고양이 반의 진풍경이었다. 고양이에 대해 잘 모르는 변상벽도, 길고양이에 대해선 박사인 묘마마도, 심지어 고양이인 똘이도, 눈이 휘둥그레졌다. 곳곳에 켜진 호롱불 덕에 낮처럼 밝은 별장에는, 양반집 식구답게 저마다 잘 손질된 다양한 종류의 고양이들이 안마당뿐 아니라, 대청 위아래, 쪽마루, 대들보 위 등등 어디에든 있었다. 기둥들엔 고양이가 긁기에 좋은 물고기 가죽이 둘려 있었고, 뒷마당엔 고양이들이 타고 노는 작은 물레방아가 있었다. 작은 쪽방에선 초청된 화가들이 고양이와 묘집사를 네 등분한 종이에 일필휘지로 담아 내기도 했으니, 이는 '인생사화(人生四畵)'라 불렸다.

묘사모의 회원들은 고양이를 사랑하는 모임원답게 양반집 여인의 체면 따위는 벗어던지고 고양이에 대한 애정을 뽐내 보이고 있었는데, 서로를 묘집사라 부르며 모시는 고양이 자랑을 하기도 했고, 진귀한 고양이 장난감들을 공유하기도 했다.

"임금의 고양이 이야기 들으셨나요?"

몰래 엿들을 필요도 없었던 것이, 사라진 임금의 고양이가 회원들 사이에서 가장 큰 화두였다. 그 행방에 대해 저마다 한마디씩 보태기 바빴다.

"소문에는 금빛이라 밤중에도 빛을 낸다던데요."
"호호! 나라님도 집 나간 고양이는 찾기 어려운 모양입니다."

변상벽은 묘마마의 등 뒤에 숨어 회원들의 대화를 훔쳐 들었지만, 소문과 추측만 무성할 뿐 실제 수색에 도움이 될 만한 청나라산 개박하나, 광대탈을 썼던 자객에 대한 이야기는 없었다.

"저쪽, 저쪽으로 가 보세."

변상벽이 묘마마를 끌고 별장 이곳저곳을 누볐다.

한편 그 시각 쪼깐이는, 별장 안마당이 내려다보이는 인근 언덕 위에 있었다. 나무에 오른 쪼깐이는 변상벽이 봉식이에게서 빌려 온(사실상 뺏어 온) 천리경으로 안마당 상황을 주시하고 있었다. 혹시라도 무슨 일이 생겨 변상벽이 수신호를 보내면, 나무 아래 묶어 둔 조랑말들을 데리고 가 도망 길을 여는 역할을 맡은 것이었다. 가품이라고는 하나 천리경이 신통하기는 했다. 한참 멀리 있는 것도 코앞에 있는 것처럼 크게 보이니 말이다. 내내 변상벽을 주시해야만 하는 쪼깐이였지만, 어쩐지 눈길의 방향이 자꾸만 묘마마 쪽으로 향했다. 저마다 곱게 차려입은 양반집 규수들 가운데에서도 묘마마만 두드러져 보였다. 고개를 저으며 다시 임무에 집중하려는데, 아래쪽에서 조랑말들이 자꾸만 요동을 쳤다. 어두워 무슨 일이 일어났는지 잘 보이진 않았지만 나무가 흔들릴 정도로 움직임이 격했다. 그 바람에 들고 있던 천리경이 나무 밑으로 떨어져 버렸다.

"아앗!"

급히 내려온 쪼깐이가 바닥을 더듬거렸다. 다행히도 천리경은 무사했다.

"헤. 다행이다."

그런데 조랑말들이 좀 전보다 더 크게 요동을 치기 시작했다.

"쉬이! 쉬이! 왜들 이러느냐?"

조랑말을 묶고 있던 줄이 느슨해지자, 당황한 쪼깐이가 직접 줄을 잡아끌었지만 말들은 진정할 줄을 몰랐다. 그때 숲의 어두운 곳이 쪼깐이의 눈에 들어왔다. 팔 힘이 풀려 버린 쪼깐이가 잡고 있던 줄을 놓치자 조랑말들은 그만 도망치고 말았다.

어둠 속에서 정체 모를 안광이 번쩍이고 있었다.

다시 별장, 변상벽은 묘마마를 앞세우고 별장 곳곳을 돌아다녔지만 기대했던 것과는 달리 특별한 단서는 찾을 수 없었다. 간혹 여인네들이 한데 모여 수군대길래 무슨 중요한 얘기라도 하는가 싶어 다가가 보면, 새끼 고양이의 말랑말랑하고 분홍분홍한 발바닥을 찬양하고 있질 않나, 사자 같은 털을 가진 서역의 고양이 목격담에 관해 치열한 토론을 하고 있질 않나. 온통 이 고양이, 저 고양이, 간혹가다 대감 욕, 그리고 또다시 고양이 얘기뿐이었다. 변상벽의 경우에는 변장도 문제였다. 너울이 얼굴만 가리는 게 아니라 시야까지 가리는 바람에 자꾸만 넘어지고 부딪혔고, 커다란 가체 때문에 땀은 비 오듯 했으며, 무엇보다 머리가 어찌나 간지러운지! 갖은 고됨이 가난한 집 제사 돌아오듯 했다.

"안 되겠소. 잠시만, 이 머리 좀…."

참다못한 변상벽이 묘마마를 두고, 아무도 없는 부엌으로 쏙 들어갔다. 너울과 가체를 벗고 가려운 머리를 마구 긁적이니 좀 살 만했다. 소매로 얼굴의 땀을 닦아 내는데, 이런! 분칠까지 다 닦여 버렸다. 당황해 소매에 묻은 분을 다시 묻혀 보려 했지만 더

닦여 나갈 뿐이었다. 이젠 군데군데 수염까지 드러나 보였다.

"하아, 젠장맞을…."

그때 어디선가 작은 목소리가 들려왔다. 깜짝 놀라 돌아봤지만 부엌문은 여전히 닫혀 있었다. 숨을 죽이고 소리를 따라가 보니 부엌 안쪽 농기구들로 가려진 벽 뒤에 쪽문이 하나 있었다. 열자마자 밖에서는 볼 수 없었던 작은 뒤뜰과 별당이 나타났다. 별당 근처에서 얼핏 들은 목소리는 놀랍게도, '계획에 차질, 자객의 정체, 임금의 고양이' 등의 수상한 내용을 말하고 있었다. 좀 더 자세히 듣기 위해 쪽문으로 나가 뒤뜰로 한 걸음 내딛는데, 어느샌가 서늘한 검날이 변상벽의 목 부근에 닿았다.

등 뒤에서, 검날보다 날카로운 누군가의 목소리가 들렸다.

"목숨을 걸고 들어왔어야 할 것이오."

대청마루에 앉아 똘이와 함께 변상벽을 기다리던 묘마마는 대청 안쪽에 늘어서 있는 먹고 마실 것에 자꾸만 눈길이 갔다. 양반들의 모임이라 그런지 잔칫집에서나 볼까 말까 한 음식들이 잔뜩인데도 누구 하나 손을 대지 않고 있었다. 주위의 눈치를 보던 묘마마가 괜한 혼잣말을 중얼거리며 음식상으로 다가갔다.

"아~ 오기 전에 진수성찬을 먹고 왔지만, 산길을 넘었더니 아무리 양반이라도 시장하구나."

차려진 음식을 종류별로 하나씩 주워 먹고, 또 그러다 보니 빈민촌 아이들 생각이 나서, 가져다줄 요량으로 소매 안쪽에 몰래 하나씩 숨겨 넣었다. 어느새 차림새가 두툼해졌다. 상 한쪽에 처음 보는 음식이 있어 입에 넣고 보니, 묘한 맛이 났다. 먹어 본 적 없으나 중독성 있는 맛이었다. 그렇게 앉은 자리에서 몇 개를 먹고 있는데, 지나가던 여인들이 묘마마를 보고 웃으며 수군거렸다. 결국 한 여인이 와서 조용히 일렀다.

"저기 여보시게. 그건 묘식(猫食)이오."
"아… 나도 아오."

묘마마가 씹고 있던 묘식을 입에서 꺼내 똘이에게 건넸다.

"우리 아이가 이가 사나워서… 이렇게 씹어서 준다오."

똘이가 관심 없다는 듯 고개를 돌려 버리자, 묘마마는 어쩔 수 없이 묘식을 마저 먹었다.

"배가 부른가…."

민망해진 묘마마가 자리를 떴다.

한편, 난처해진 변상벽은 목을 가다듬으며 여인

의 목소리 흉내를 내었다.

“그, 그저 변소를 찾다가 길을 잘못 들었을 뿐입니다.”

엉성한 목소리에 더욱 수상함을 느낀 무사가 검을 더 가까이 들이댔다.

“고개를 돌리시오.”

변상벽은 무사의 검이 더욱 깊게 들어오자 어쩔 수 없다는 생각이 들었다. 고개를 돌리려는데, 시야에 들어온 코등이 문양이 눈에 익었다. 그건 일전에 광대탈들과 싸움을 벌였던 복면인의 단검에 그려져 있던 문양이었다.

“이건….”

그때 무사가 변상벽의 너울을 확 걷어 냈다. 변상벽의 얼굴이 드러나자 무사가 화들짝 놀랐다. 땀으로 얼룩진 분칠은 반쯤 지워져 있고, 덥수룩한 수염이 절반만 보이니 기이하기가 그지없었다. 하지만 더 놀란 것은 오히려 변상벽 쪽이었는데, 무사의 뒤에서 묘마마가 솥뚜껑을 쳐들고 있었기 때문이었다.

데엥!

솥뚜껑에 머리를 정통으로 얻어맞은 무사가 그 자리에 쓰러져 정신을 잃었다. 묘마마는 자기가 때려 놓고 자기가 놀랐는지 눈이 동그랗게 커졌다.

"어떡해! 위협당하시는 줄 알고, 저도 모르게!"
"위협을, 당하긴 했는데 그렇다고 냅다! 여긴 어떻게 알고?!"
"안 오시길래!"
"이, 일단 다시 들어갑시다. 쪽문으로, 들어가."

다급해진 변상벽과 묘마마가 정신을 잃은 무사를 끌고 부엌으로 돌아와 몸을 숨겼다. 무사가 차고 있던 오랏줄을 빼앗은 변상벽이 그를 꽁꽁 묶다가, 도중에 흠칫 놀라 주저앉아 버렸다.

"이, 이 자는…"
"왜, 왜 그러세요?"

묘마마가 오랏줄에 묶인 무사를 자세히 살피니, 가슴의 형태가 드러나 보였다.

"여인?"

무사는 꼼꼼히 관찰해도 알아채기 힘들 정도로 철저하게 남장을 한 여인이었다. 오랏줄을 든 변상벽이 어쩔 줄 모르고 있자, 묘마마가 오랏줄을 받아 마저 묶었다. 변상벽이 손을 뻗어 무사의 얼굴 아래 절반을 가려 보았다. 일전의 복면인이 확실했다.

그때 무사의 주머니에서 떨어져 나온 쪽지 하나가 눈에 띄었다. 변상벽이 펼쳐 읽었다.

[효잣골 까마귀. 男은 한쪽 눈이 없고, 女는 한쪽 귀가 없다.]

지켜보던 묘마마가 진지하게 물었다.

"아는 까마귀인가요?"
"모르는 까마귀요."

잘은 모르겠지만, 어디선가 들어 본 것도 같은 별칭이었다. 변상벽이 생각을 더듬어 가는데 오랏줄에 묶인 무사가 정신을 차렸다.

"으으음…."
"쉬잇!"

이번엔 변상벽이 무사의 목에 단검을 들이댔다.

"이 단검, 맞지? 광대탈 놈들이랑 싸웠던 복면인. 그 무지막지하던 놈이 여인이었다니…."

무사가 변상벽의 얼굴을 가만히 쳐다보다 무언가 떠올랐다는 듯 눈을 크게 떴다.

"넌 그때 그… 오줌 흘리던 포교 놈?"
"오줌 흘리던?"

묘마마가 무사와 함께 변상벽을 쳐다보았다.

"크흠! 그래. 그 오줌, 아니 그 포교가 나다."
"네놈이 왜 여기…"
"그건 알 필요가 없고. 바른대로 고하지 않으면 목숨을 부지하기 어려울 것이다."
"네놈이 감히 누굴 상대하는지 알고 이러는 것이냐?"

무사가 눈 하나 깜짝하지 않고 되받아쳤다. 하지만 변상벽도 만만친 않았다.

"질문은 내가 한다! 또 한 번 되묻는 날에는 이목구비 중 하나가 성치 못하게 될 것이야."

변상벽이 검날을 세우자, 무사가 침을 꼴깍 삼켰다. 그간 무뢰배를 종종 상대해 온 터라 협박하는 데에는 제법 일가견이 있었다.

"묻겠다. 임금의 고양이는 지금 어디 있느냐?"
"그건 내가 묻고 싶구나."
"네놈들 묘사모 짓이 아니라는 것이냐?"

무사가 어이없다는 듯 헛웃음을 지었다.

"묘사모가 어찌 임금의 고양이를 훔친단 말이냐?"
"청나라산 개박하! 그거 물어보세요."

옆에서 솥뚜껑을 든 묘마마가 끼어들었다. 무사가 의아한 표정을 지었다.

"청나라산 개박하?"
"그래. 그때 그 광대탈들이 가지고 있던 청나라산 개박하 말이다. 이곳 묘사모에서 구매한 것이 유일한 거래 내역인데, 어떻게 설명할 것이냐?"

무사가 대답 대신 한숨을 길게 쉬더니 말했다.

"하아, 그래도 포교라는 자가 수사를 이리 엉망으로 한단 말이냐."

"뭣이?"

"길에 떨군 청나라산 개박하 때문에 여기까지 찾아온 듯한데… 그건 내 것이다. 그 광대탈이 아니라 내가 흘린 것이란 말이다."

이런 낭패가 있나. 금손이 납치범이 남긴 유일한 단서라 보고 그 출처를 추적해 왔던 청나라산 개박하. 그것이 광대탈들의 것이 아니라, 무사가 흘린 것이었다? 그 말인즉, 처음부터 잘못된 수사를 펼쳤다는 뜻이었다.

머리가 하얘진 변상벽이 쪽지를 내밀었다.

"그, 그럼 이건 뭐냐? 효잣골 까마귀."

무사가 도리어 변상벽을 다그치며 말했다.

"이놈아! 바른 수사를 하려면 왜인지부터 생각해야 하지 않겠나?"

"왜…? 왜?"

"범인이 임금의 고양이를 왜 훔쳤는가 하는 것 말이다."

그러고 보니 범인을 쫓는답시고 돌아다녔지만, 애초에 왜 임금의 고양이를 훔쳤는지 생각해 보진 못했다. 그보다는 생각할 생각을 못 했다는 생각에 생각이 생각하기를 멈춰 버렸다. 당황한 변상벽이 말을 잇지 못하고 있자, 무사가 물었다.

"너희들이야말로 왜냐?"
"뭐?"
"포청에서 공식적으로 이를 수사할 리는 없고, 그 날 오줌 누다 얻어맞아 원한이라도 생긴 것이냐?"
"그것은 아니고… 우, 우리는… 그러니까."

무사의 날카로운 질문에 변상벽이 오히려 말려가고 있는데,

데앵!

대뜸 묘마마가 솥뚜껑으로 무사의 머리를 내리쳤다. 그러곤 거친 말투로 말했다.

"질문하지 마! 질문은 우리만 한다고 했지!"

무사가 눈을 부라렸다.

"이년이! 정녕 죽고 싶은 게냐?"

데앵!

"또 질문!"
"… 허… 허허…."

솥뚜껑에 연달아 맞은 무사가 헛웃음 소리를 내었다. 화를 참는 소리였다. 놀란 걸로 치면 같은 편인 변상벽이 더했다.

"저, 이보게. 알겠으니 이제 그만…"

그때 비명 소리가 들렸다.

"꺄악!"

길 잃은 고양이 한 마리를 따라 부엌에 들어왔던 묘사모 회원이 상황을 목격하고 기겁한 것이었다. 놀라 주춤거리던 변상벽을 무사가 발로 차 내자, 들고 있던 단검이 땅에 떨어졌다.

무사가 외쳤다.

"침입자요! 침입자!"
"이런!"

다급해진 변상벽이 묘마마를 데리고 밖으로 뛰쳐나갔다. 이내 비명 소리를 들은 묘사모의 호위들이 우르르 들어와 무사를 묶고 있던 오랏줄을 풀었다.

"뒷마당 쪽이다. 쫓아라!"

뒷마당으로 도망친 변상벽과 묘마마가 쪽문을 향해 달렸다. 곳곳에 늘어져 있던 고양이들과 회원들이 놀라 사방팔방으로 뛰어다니는 바람에 뒷마당은 순식간에 난장판이 되었다.

변상벽이 나무 위에서 보고 있을 쪼깐이에게 약속된 수신호를 보냈다. 팔과 손목을 꺾어 '망할 망(亡)' 자를 만든 것이었다. 똘이를 안고 앞에서 뛰던 묘마마를 쪽문의 문지기가 막아섰다. 다급해진 묘마마가 소매 안쪽에 있던 음식들을 문지기에게 집어 던졌다. 그러다 자기도 모르게 똘이까지 문지기에게 던져 버렸다. 놀란 문지기가 똘이를 받아 안았다. 귀여웠다.

“냥냥!”

똘이가 문지기의 얼굴에 냥냥 펀치를 날렸다. 그 사이 묘마마가 문지기의 낭심을 걷어차고는 다시 똘이를 안고 뛰었다. 하이 파이브라도 해야 할 완벽한 호흡이었다.

변상벽과 묘마마 그리고 똘이가 쪽문 밖으로 나갔다. 검을 든 무사와 호위들이 그 뒤를 쫓았다. 오솔길을 따라 한참을 내려가자 비상시에 이용하기로 약속한 도망 길이 나왔다. 쪼깐이가 조랑말을 데리고 미리 나와 있었어야 했지만, 쪼깐이도 조랑말도 무슨 일인지 보이지 않았다.

“쪼깐아! 쪼깐아! 이놈이 어딜 간 것이야!?”

변상벽이 뒤를 돌아보았다. 묘사모의 호위들이 말까지 탄 채로 따라오고 있었다. 결국 길을 벗어나 숲으로 무작정 뛰어들어 도망쳤지만, 어두운 숲속을 헤치며 도망치기는 쉽지 않았다.

결국 횃불을 든 묘사모의 호위들에게 포위당하고 말았다.

“어떡하죠? 이제.”

변상벽이 묻고 싶었던 것을 묘마마가 먼저 물었다. 도망을 갈 수도, 싸울 수도 없었다. 뒤따라온 남장 무사가 호위들 사이에서 모습을 드러냈다.

"다친다. 얌전히 오라를 받거라."

"나으으리이이!"

그때 익숙한 목소리가 들렸다. 쪼깐이였다. 정확히는 쪼깐이의 비명 소리였다. 소리 나는 곳을 향해 돌아보자, 겁에 질린 쪼깐이가 풀숲을 헤치며 멀리서부터 전속력으로 달려오고 있었다.

"이놈이 어디에 있다가…?"

쪼깐이의 뒤로 어렴풋이 보이는, 푸른 안광. 그것의 주인은 호랑이였다.

변상벽은 일전에 묘마마가 했던 말이 떠올랐다.

"청나라산 개박하일 거라는 말입니다. 그 향이 워낙 강력하여 고양이뿐만 아니라 호랑이도 끌어들인다는 이야기가 있을 정도로 귀한 것인데…."

변상벽과 묘마마가 서로를 마주 봤다. 그러곤 누가 먼저랄 것도 없이 외쳤다.

"개박하!"

정신 줄 놓은 쪼깐이가 이를 알아들을 리 만무했다. 그저 눈물 콧물을 흘리며 변상벽과 묘마마에게로 달려오고 있었다.

"오지 마! 오지 마!"

변상벽과 묘마마뿐만 아니라 둘을 포위하고 있던 묘사모의 호위들까지 모두 술래잡기라도 하듯 줄을 지어 쪼깐이와 호랑이로부터 도망치기 바빴다.

"여기로 여기로!"
"저기로 저기로!"

나무들 사이를 빙빙 돌며 이리 뛰고 저리 뛰고를 반복하다 보니, 누가 누굴 쫓고 있었는지도 모를 지경이었다.

아수라장이 펼쳐진 가운데, 묘마마가 쪼깐이의 허리춤에서 청나라산 개박하가 들어 있는 주머니를 통째로 뜯어냈다. 그리고 멀리 던져 버리려는데,

"아앗!"

주머니가 날아가질 않고 팔랑거리다 코앞에 떨어져 버렸다. 그러자 이번엔 변상벽이 나서서 돌멩이를 개박하 주머니 안에 넣었다. 호랑이가 점차 가까워지고 있었다. 묘마마가 외쳤다.

"빨리!"

변상벽이 주머니를 멀리 던졌다. 하필이면 묘사모의 호위들이 있는 방향이었다. 호랑이가 개박하를 따라 방향을 틀었다.

"으아아, 이리로 온다!"

묘사모의 호위들이 혼비백산하여 도망쳤다. 그 틈을 탄 변상벽 일행이 전속력을 내어 산 아래로 뛰어 내려갔다.

잠시 후, 여기저기 찢기고 더러워진 옷차림의 남장 무사가 묘사모 별당 안에서 무릎을 꿇고 앉았다.

"송구하옵니다."

그는 방 안쪽에 앉은 배후 인물에게 방금 전 겪었던 침입 사건에 대한 보고를 올리는 중이었다.

배후 인물이 여유롭게 차를 한 잔 따라 마시며 물었다.

"그러니까, 포교란 말이더냐?"
"예."

배후 인물이 흥미롭다는 듯 고개를 끄덕였다.

"조사해 보거라. 샅샅이."

한편, 정신없이 산을 내려온 변상벽 일행은 어느새 도성 안에 들어와 있었다. 죽을 뻔해 놀란 마음을 진정시키느라 그랬는지, 셋 모두 말없이 걷기만 했다. 순라군이 다니지 않는 길을 통해 묘마마를 먼저 돌려보낸 변상벽은 쪼깐이와 함께 집으로 돌아가는 중에도 침묵을 지켰다. 평소 같았으면 묘사모의 별장이라는 신묘한 곳에서 겪었던 무용담을 늘어놓기에 바빴겠지만, 그럴 기운이 없었다.

변상벽과 쪼깐이는 몰래 제집 담을 넘기로 했다. 먼저 넘어 들어온 쪼깐이가 몸을 굽혀 변상벽의 발받침대가 되어 주었다.

"꿍!"

거추장스러운 치마를 끌어 올려 잡은 변상벽이 어렵사리 담을 넘고 있는데,

목소리가 들렸다.

"뭣들 하는 게냐?"

놀란 쪼깐이가 벌떡 몸을 일으키는 바람에 담을 넘어오던 변상벽은 균형을 잃고 우당탕 떨어졌다.

"으헉!"

고꾸라진 변상벽이 얼굴을 덮은 치마를 걷어 내자, 눈을 동그랗게 뜬 변 대감이 보였다. 변 대감은 눈앞에 벌어진 상황을 믿기 어려운지 할 말을 찾는 중이었다.

"이, 이, 이 무슨…"
"아버…! 아니, 대감마님. 이건 그러니까, 그것이 아니라…."

변상벽이 펼쳐진 치마를 추스르려 다리를 오므리다가, 그게 문제가 아닌 것도 같고 하여 어쩔 줄 모르고 있는데,

짝!

변 대감이 변상벽의 따귀를 올렸다. 변상벽은 그 자리에 쓰러졌다.

"대체 무슨 흉한 짓거리란 말이냐! 이젠 광대 짓까지 하고 다니는 게냐? 살다 살다 너 같은 놈은 처음 본다! 누가 천한 놈 아니랄까 봐…."

변상벽이 이를 꽉 물었다.

"천부당만부당합니다."

"뭣이?"

"저라고 제 어미 혼자 낳았겠습니까? 절반은 대감마님의 짓인데, 어찌 저 같은 걸 처음 보신다 하십니까?"

"내, 내 이놈의 자식을…!"

흥분한 변 대감이 손 가는 대로 변상벽의 머리와 몸을 때리자, 쪼깐이가 변상벽을 감싸 안으며 절반의 매를 대신 맞았다. 그 소란에 변빈과 집안의 다른 노비들이 뛰어나와 말리기 바빴다.

"네 어미만 아니었으면 너 같은 놈은 나자마자 내다 버렸을 것이야. 내다 버렸어야 했어!"

변빈이 변 대감을 잡아 말리며 변상벽에게 외쳤다.

"상벽아, 무릎 꿇고 빌거라. 어서!"

묵묵부답으로 한참을 그 자리에 서 있던 변상벽이 자신을 붙잡고 있던 쪼깐이를 뿌리치고 대문으로 향했다.

"내 다시 돌아오는 날엔 성을 간다!"

"상벽아!"

변상벽은 그길로 집을 나가 버렸다.

식혜 먹은 고양이 속[4]

북촌에 위치한 허지완의 자택에 횃불을 든 자들이 들이닥쳤다. 의금부도사들이었다. 예고 없이 이루어진 한밤중의 감찰 수색에, 놀란 식솔들은 허둥지둥 아무런 대응도 제대로 하지 못하였다. 허지완도 마찬가지였다. 잠에서 깬 그가 부축을 받으며 침소에서 나왔을 때는 이미 안팎으로 아사리 판이었다.

"이… 이 무슨 짓들이냐?!"

허지완이 안마당에 아무렇게나 떨어져 있던 식기를 집어 던지며 호통을 쳤지만 의금부도사들의 수색은 멈출 기미가 없었다.

그때 서창집이 모습을 드러냈다.

"순순히 따르시오! 대명(大命)에 의해 감찰하는 것뿐이니."

4 지은 죄를 들킬까 봐 걱정하는 마음을 가리키는 속담.

울분에 찬 허지완이 자신을 가로막은 의금부도사 너머로 호통을 쳤다.

"서창집! 네 이놈!!!"

팔순을 앞둔 노인의 외침 소리가 어찌나 큰지, 의금부에서 온갖 악한들을 제압했던 도사들마저 순간 움찔했다.

"정녕 무슨 짓을 꾸미는 게냐?"

분을 삭이지 못하는 허지완에게 다가온 서창집이 의기양양하게 무언가를 꺼내 들었다. 서신들이었다.

"호조참판 김억수, 홍문관 응교 임종규와 교리 박문기! 모두 대감과 긴히 의논하던 이들이 아니오?"

허지완이 서신을 받아 들었다. 그 안에는 임금이 돌보는 고양이가 얼마나 불길한 징조인지, 그리고 그것이 세자의 지병에 어떤 영향을 주고 있는지에 대한 걱정의 말들이 적혀 있었다.

"세자 저하의 안위가 걱정되었다 한들, 감히 주상 전하의 것을 훔친단 말이오? 훔쳐서, 죽이기라도 한 것이오?"

"이 무슨…! 서신만으로 나를! 역적으로 몰려 한단 말인가?"

"다른 자들은 이미 의금부에 수금하여 추문(推問) 중이오. 영부사 대감은 예를 다해 모시겠소."

어느새 다가온 의금부도사들이 허지완의 양팔을 붙잡았다. 분노에 치를 떨던 허지완은 결국 제 화를 이기지 못하고 비틀거렸다. 허지완이 자택 밖으로 끌려 나가자마자, 뒷마당에서 외침 소리가 들렸다.

"여기, 묻힌 것을 찾았습니다!"

그 말에 서창집이 뒷마당으로 향했다. 곳곳이 파헤쳐진 뒷마당에서 의금부도사가 흙이 묻은 자루를 들고 와 보였는데, 그 크기가 딱 고양이만 했다. 자루는 모양이 잡히지 않은 채로 축 늘어져 있었다.

"열어 보거라."

자루를 열어 그 속을 살피던 의금부도사가 놀라 자루를 떨어뜨렸다. 떨어진 자루 안에서 무언가 쏟아져 나왔다. 직접 그것을 확인한 서창집 또한 당황한 기색을 감추지 못했다.

그것은 말똥이었다.

*

"이 포교 나리. 와 보셔야겠습니다."

야간 경비 초소인 경수소 안에서 포졸 하나가 이 포교를 불러 세웠다. 부름에 따라 안으로 들어간 이 포교가 흠칫 놀랐다. 여인인지 사내인지 알 수 없는 차림의 변상벽이 경수소가 제집이라도 되는 것마냥 자빠져 잠이 들어 있었다.

"그래서, 가출을 했단 말이오?"
"뭐 그리되었다."

이 포교와 마주 앉은 변상벽이 잠에서 덜 깬 채로 축 늘어져 대답했다.

"그렇다고 여기 와 자빠져 있으면 어쩌자는 거요?"
"그럼 어딜 가느냐? 만년 포교질에 아는 곳이 이런 데밖에 없는데…. 발길 닿는 대로 걷다 보니…."

변상벽의 꼴을 살피던 이 포교가 한숨을 내쉬었다. 어쩌다 이리되었나 싶어서였다. 변상벽도 한때는 특유의 근성으로 일선에서 활약했었다. 눈부신 성과는 없었지만, 한번 맡은 임무는 그 결과가 어떻든 끝까지 해내던 모습에 깊은 인상을 받은 포졸들이 많았었다. 이 포교도 그중 하나였다.

변상벽이 물었다.

"자네 혹시 효잣골 까치라고 들어 봤는가?"
"효잣골… 까마귀 아니오?"
"그래. 까친지 까마귄지."
"그걸 왜…. 또 어디서 무슨 엉뚱한 짓거리를 하고 다니는 거요?"
"누군지 아는가? 아니, 아니다. 왜, 왜 그랬을까?"
"뭘 말이오?"

"임금의 고양이 말일세. 왜 훔쳤을까, 효잣골 까치가."

"하아. 형님, 아직도 고양이 타령이오?"

"…."

"종사관 나리의 뜻을 정녕 모르오? 그간의 잘못을 씻고, 돌아와 달라진 모습을 보이라는 거 아니겠소. 왜 그리 답답하시오?"

"… 내 알아서 잘할 터이니, 가서 일 보게."

"형님!"

변상벽은 더 이상 말을 섞기 싫다는 듯 등을 돌려 누워 버렸다. 혀를 차며 자리에서 일어난 이 포교가, 떠나기 전에 한 마디를 붙였다.

"모르긴 해도, 누군가가 훔쳤다면 효잣골 까마귀는 범인이 아닐 거요."

"… 왜?"

"일흔도 넘지 않았겠소. 아직 살아 있다면."

그 말에 기억이 났다. 효잣골 까마귀. 그러고 보니 어렸을 적에 들었던 별칭이었다. 함경도에서 왔다는 자객이 효잣골에 사는 사대부 집들 물건을 도적질하여 한때 유명했었다. 아이들끼리 포도대장 놀이를 하면 오라에 묶이는 죄인 역할을 하는 아이를 꼭 그 별칭으로 불렀더랬다. 그리고 그들에 대해 알려진 정보는 딱 한 가지였다.

변상벽이 자리에서 벌떡 일어났다.

"광대탈을 쓴 부부 자객…."

그때 눈앞에서 담을 넘던 광대탈들이 일흔이 넘은 부부 자객이라는 말이었다.

잠이 다 깼다.

*

"부르셨습니까? 나리."

이른 아침부터 변빈이 쪼깐이를 제 방으로 불렀다. 어젯밤에 대한 추궁을 들으리라 생각하여 잔뜩 긴장한 쪼깐이가 알아서 꿇어앉았다. 변빈이 쪼깐이를 일으키며 물었다. 변상벽이 근래에 무엇을 하고 다니는지를. 포교직에서 잘린 이후로 하루도 집안에 얌전히 머무는 날이 없었으니, 변 대감이 겉으로는 화를 내긴 했어도 내심 걱정과 우려를 비춘 것이라는 말이었다.

"그러니 아는 바가 있으면 숨김없이 말해 보거라."
"그것이…."

쪼깐이는 난처했다. 변빈에게 거짓을 고할 수도 없고, 그렇다고 포졸, 아니 포졸 지망생이 감히 비밀임무에 대해 입을 열 수도 없는 노릇이었다.

"찾고… 있습니다요."
"찾고 있다? 무얼?"

"도성 안에 있다가 사라진…, 사라진 유기아들이 있다고 하여."

"유기아? 유기아들을 찾는다? 상벽이가 말이냐?"

"네. 그… 빈민촌에 사는 자들에게 청을 받았습니다요."

"어허…. 거짓을 고하는 건 아니겠지? 틀림없는 사실이냐?"

"네. 틀림없습니다요."

틀린 소리는 아니다. 꽤 괜찮은 임기응변이었다고 쪼깐이는 스스로 생각했다. 변빈에게는 의외였다. 어디 가서 사고 치고 다니는 것이 분명하다 생각했는데, 포교일 때도 안 하던 꽤나 바람직한 일을 하고 있다니.

"쪼깐이 네가 책임지고 데려올 수 있겠느냐?"

"예, 예. 저만 믿으십시오."

가슴을 쓸어내린 쪼깐이가 연신 고개를 끄덕였다.

경수소의 순라군들에게 옷을 얻어 입은 변상벽이 이른 아침부터 단골 주막으로 들어섰다.

"밥상 하나만 먼저 내오시게."

전국을 오가는 보부상들과 행상들이 묵는 반촌 인근의 주막이었다. 변상벽이 알고 싶은 것이 생겼을 때 찾곤 하는, 변상벽의 정보원들이 있는 곳이었다. 시중드는 중노미가 밥상을 가져오고 있는데, 등짐장수 박가가 막 봉놋방에서 나오는 것이 보였다.

"어이, 박가! 잘 만났네. 내 뭘 좀 물으려는데, 효잣골 까마…"

"어이쿠, 내 정신 좀 보게. 바, 바쁜 일이 있었는데."

늘 먼저 다가와 문안 인사를 올리던 박가가, 변상벽의 부름에도 휑하니 가 버리는 것이었다.

"원, 그놈 참…."

변상벽이 두리번대며 다른 정보원을 찾았다. 그런데 봉놋방의 문이 닫히고, 모두들 변상벽의 눈을 피해 딴짓을 했다.

"이놈들이 단체로 뭘 잘못 먹었나…."

변상벽이 수저를 들려 하는데, 주모가 나타나 밥그릇을 낚아챘다. 변상벽이 주모를 올려다봤다.

"뭣 하는 겐가?"

"돈은 있수?"

"응?"

"이제 포교도 아니라면서? 돈 내고 먹어! 돈!"

변상벽은 말문이 턱 막혔다.

"아니, 그건… 아, 알겠소. 내면 되잖아. 내, 돈이 없을까 봐."

주모가 손바닥을 탁 펼쳤다.

"외상값! 다 갚고 드시오."

"… 얼만데, 요?"

변상벽이 쫓겨나자 주모가 뒤따라 나와 소금을 탁 하고 뿌렸다. 봉놋방 안에서 조소가 새어 나왔다.

저잣거리로 나온 변상벽을 바라보는 시선이 예전과 같지 않았다. 변상벽이 포교 자리에서 잘렸다는 소문이 이제야 다 퍼진 것이었다. 예전에는 먼저 다가와 푼돈이라도 몰래 쥐여 주려 했던 상인들은 변상벽을 보고도 못 본 척 등을 돌려 앉았다. 그나마 있던 작은 권력을 잃고 나니, 주변에 남아 있는 자가 없었다. 그만큼 얄팍했다. 누군가 수군거리는 소리가 들렸다.

"변 대감 댁 망나니 얼자[5]."

변상벽에게 남은 것은 자신을 설명하는 그 한마디뿐이었다.

"게 섰거라!"

골목을 따라 작은 소란이 일었다. 상인 하나가 몽둥이를 들고 소리를 치며 누군가를 쫓고 있었다. 쫓기는 것은 빈민촌의 아이들이었다. 저잣거리로 접어든 아이들은 군중 사이를 요리조리 피해 다니며 도망쳤다. 도주에 꽤나 능숙해 상인이 따라잡기는 어려워 보였는데, 아이 중 하나가 지나던 사람을 채

5 양반 남성과 천민 여성 사이의 아들.

피하지 못하고 부딪혀 넘어져 버렸다. 변상벽이었다.

"야, 이놈아, 앞을 보고 다녀야…"

변상벽이 고개를 들어 보니 일전에 빈민촌에서 만난 적이 있는 아이였다. 아는 척을 하려는데, 어느새 뒤따라온 상인이 일어서던 아이의 뒷덜미를 낚아채 쓰러뜨렸다.

"이 도둑놈의 자식!"

흥분한 상인이 바닥에 내팽개쳐진 아이를 몽둥이로 마구 내리쳤다. 아이는 몸을 웅크린 채 때리는 대로 맞았다. 작은 아이에게 가해지는 매질이었음에도 도둑이라는 말에 다들 구경이 바빴다.

"빌어먹는 천한 놈이 감히!"

평소 같았다면 변상벽은 그저 혀를 차며 지나쳤겠지만, 며칠 전 변 대감에게 당했던 모욕이 떠오르기라도 했는지 자신도 모르게 상인의 팔을 잡아 말렸다.

"이보게! 머, 멈추시게, 왜 이러시나?"
"놓으시오! 저 잡놈 손모가지를…!"

팔을 잡힌 상인이 이번엔 발길질까지 해 대자 변상벽이 온몸으로 막아섰다.

"내가 내겠네! 내가. 대체 뭘 훔쳤길래 이리하는가?"

그제야 겨우 발길질이 멈췄다. 몽둥이에 맞으면

서도 아이가 손에 쥐고 있던 것, 그것은 한 줌의 땅콩이었다.

쪼깐이가 빈민촌 인근을 기웃거리고 있었다. 겉으로는 변빈의 말에 따라 변상벽을 찾아 나선 것이었지만, 속내는 다른 데에 있었다. 쪼깐이의 시선은 빈민촌 너른 마당에서 배식을 준비하고 있는 묘마마를 향했다.

"여기서 뭐 해?"

일전에 보았던 빈민촌 아이들이 불쑥 나타났다. 깜짝 놀란 쪼깐이는 비명을 지를 뻔했다.

"아이고, 간 떨어지는 줄 알았네."

꺄르르 웃던 여자아이가, 시커먼 손으로 입 안에서 우물거리며 먹고 있던 것을 꺼내 쪼깐이에게 건넸다. 땅콩이었다. 먹겠냐는 뜻이었다. 그러고 보니 아이들 모두가 작은 손으로 무언가를 쪼물딱거리고 있었는데, 땅콩 껍질을 까고 있는 것이었다.

"됐다. 난 됐어."

쪼깐이가 거절하자 여자아이가 땅콩을 도로 입에 넣으며 물었다.

"묘마마 만나러 왔어?"
"뭐? 아니, 나는…"
"묘마마! 묘마마!"

"야, 이…."

아이들이 쪼깐이를 끌고 묘마마에게로 향했다. 묘마마가 멀리서 알아보고 손을 흔들자, 쪼깐이도 아이들 극성에 어쩔 수 없다는 듯 알은체를 했다.

"어쩐 일이야?"

"아, 그것이 포교 나리가 혹시 여기 계신가 하여서…."

"포교 나리를 왜 여기서 찾아? 포청에서 찾아야지."

"그, 그렇긴 한데…."

쪼깐이가 말을 얼버무리는데, 아까의 그 눈치 빠른 여자아이가 또 불쑥 끼어들었다.

"묘마마 보고 싶어서 왔대!"

아이들이 꺄르르 웃음을 터뜨리자, 쪼깐이의 얼굴이 순식간에 붉어졌다.

"예끼, 니들 어른 놀리면 안 돼."

아이들을 물린 묘마마가, 기대에 찬 눈빛으로 물었다.

"혹시 포교 나리한테 들은 거 있어? 사라진 아이들 관련해서 말이야."

"아, 그… 요즘 통 바쁘셔서."

"그렇구나. 하긴…."

묘마마가 금세 시들해지자, 쪼깐이가 불쑥 말을

이었다.

“포청 윗분께 문의는 하신 거 같았어요.”
“그래? 정말?”
“예. 그때 약조하고 나서, 바로….”

밝아진 얼굴의 묘마마가 쪼깐이의 팔을 끌었다.

“바로 들어가 봐야 해? 마침 애들 주려고 김치 좀 담갔는데, 가져가서 나리랑 먹어.”
“어휴, 괜찮은데요.”

묘마마가 거절하는 쪼깐이를 데리고 부엌으로 갔다. 배식을 돕는 남자아이들 몇 명이 옹기 하나에 몰려들어 끙끙거리고 있었다. 묘마마가 기분이 좋은지 농을 쳤다.

“나 원, 니들은 종일 옹기만 옮기니? 사내놈들이 모름지기 힘도 쓰고, 듬직해야지!”

그 말에 쪼깐이가 갑자기 팔을 걷어붙였다. 아이들을 물러나게 하고는 그 깡마른 팔로 옹기를 둘러안았다.

묘마마가 걱정스레 말했다.

“그냥 둬, 혼자선 무겁다.”
“에이, 제가요. 이래 봬도 포졸 시험을 준비하면서 쌀 한 가마니도 혼자서, 이얍.”

옹기는 꿈쩍도 하지 않았다.

"흐업!"

옹기가 바닥 위로 살짝 떠올랐지만, 그게 다였다. 비틀거리며 쓰러질 뻔한 쪼깐이를 묘마마가 잡아 세웠다. 그러곤 등짝을 한 대 후려쳤다.

"으휴! 냅두라니까. 같이 해."
"… 예."

다 같이 모여 옹기를 옮기려는데, 밖에서 노랫소리가 들려왔다.

"떡 사시오, 떡 사시오. 노인네가 잡수시면 젊어지는 불로떡, 처녀 총각 잡수시면 깊이깊이 정들 떡, 야금야금 자시면은 달님 같은 딸을 낳소! 떡 사시오, 떡 사!"

손에 떡을 하나씩 든 아이들이 빈민촌으로 들어오며 떡 타령을 불러 젖혔다. 아이들 극성에 지친 듯한 변상벽과 함께였다. 변상벽이 소매에서 남은 떡을 꺼내자 빈민촌 내 다른 아이들까지 우르르 몰려들었다.

"나으리!"

쪼깐이가 변상벽에게 달려갔다.

"쪼깐이 니가 여기 웬일이냐?"
"그러는 나리는 간밤에 어디서…."

묘마마가 놀란 얼굴로 다가왔다.

"이게 웬 떡이래요?"
"아니, 이놈들이 땅콩 도둑질을 하지 뭐요. 그래서. 뭐."

괜히 머쓱해진 변상벽이 함께 온 아이들에게 말했다.

"쩝. 이놈들아. 그러니까 땅콩 도둑질은 앞으로 하지 말거라. 알겠느냐? 응? 알겠느냐고?"
"예, 예."

먹느라 바빠 대답은 건성이었다.

"어물전에서는 해도 됩니까요?"

한 녀석이 물었다.

"어물전도 안 돼."
"그럼 국수는요?"
"안 돼. 야, 먹는 거, 못 먹는 거, 파는 거, 안 파는 거 상관없이 도둑질은 다 하지 마, 이놈들아."
"그럼 무얼 먹고 살아요?"

양 볼에 떡을 문 남자아이가 물었다. 아까 매질을 당했던, 빈민촌 아이들 중에서 가장 작아 보이는 녀석이었다. 그렇게 초롱한 눈으로 당연한 걸 물으니 뭐라 대답할 말이 떠오르질 않았다.

"… 그래, 넌 이름이 뭐냐?"
"말생입니다."
"고아야?"

"아닙니다. 아버지도 있고, 누이도 있고."
"그러냐? 어디 있느냐?"
"…."
"나리. 그건…."

말생이 대답이 없으니 묘마마가 대신 설명을 하려는데, 곁에서 듣고 있던 다른 아이가 먼저 대답했다. 조소가 섞인 말투였다.

"걔요. 지 애비가 나무에 묶고 갔대요~"
"나무에 묶었다고?"

변상벽이 어리둥절해하며 되물었다.

"예, 예. 원래 다 큰 애들은 따라오지 말라고 나무에 묶어서 내다 버리거든요. 킥킥."

말생이 욱해서 나섰다.

"아니야! 나중에 다시 데리러 오신다 그랬어."
"멍청한 놈아! 그거야 안심케 하려고 한 공갈인 걸 모르느냐?"

아이들이 까르르 웃자, 말생이 울음을 터뜨렸다. 기껏해야 예닐곱 살이었다. 그렇게 잠깐의 소란이 끝나고 아이들은 흩어졌다. 서럽게 울던 말생도 양손에 쥔 떡을 먹느라 우는 것을 까먹은 듯했다.

묘마마가 말생을 안쓰럽게 쳐다보았다.

"얼마 전에 누이가 실종이 되어서… 마음이 더 안

좋을 겝니다."

변상벽이 혀를 차며 말했다.

"기근도 지났는데, 다 큰 아이들까지 버리는 줄은 몰랐네."

"노름장 때문입니다."

"그게 무슨 말인가?"

묘마마가 한숨을 내쉬었다.

"먹고살 길이 없어 노름에 손을 대는 게죠. 그러다 집안 살림까지 다 가져다 바치고, 결국에는 입 하나라도 줄이려고 아이들을 버린다고 합니다. 기근 때보다 더하면 더했지요."

변상벽은 문득 오봉의 노름장 앞에서 만났던 양민 아비와 딸을 떠올렸다. 자신이 준 한 푼을 가지고 다시 노름장으로 들어갔던 그 한심한 아비, 그리고 딸아이는 어떻게 되었을까? 변상벽은 자신을 바라보던 딸아이의 눈빛을 선명하게 기억했다. 원망과 분노, 실망과 슬픔이 담긴 눈이었다.

더 이상 빈민촌에 머물기 어려워진 변상벽이 급히 자리를 떴다.

다음 날, 그다음 날도 변상벽은 집에 들어가지 않고 경수소에서 잠을 청했다. 그리고 쪼깐이와 함께 저잣거리를 돌아다니며, 직접 효잣골 까마귀를 찾아다녔다. 귀가 하나 없는 노파와 눈이 하나 없는 노부라는 정보만으로는 아무래도 찾기가 쉽지 않았다.

쪼깐이는 내내 투덜거렸다.

"그런 노인네들이 있기는 한 겁니까? 왜 고양이를 훔쳤답니까?"
"추문하여 알아낼 것이다. 꼼꼼히 둘러본 것이냐?"
"네. 경로회 노인들도 그런 노부부는 본 적이 없다고 합니다. 그나저나 언제 들어오실 겁니까? 큰 도련님께서 매일 아침 채근하셔서 죽겠습니다."
"때가 되면 들어간다 하지 않았느냐."

도성 곳곳을 돌아다니며 종일을 거리에서 보냈으나 아무런 성과가 없었다. 뒷돈을 쥐여 주며 정보를 긁어모았지만, 모아 둔 돈도 거의 떨어져 갈 무렵이었다. 저잣거리에서 누군가 말을 걸어왔다.

"나으리. 나으리."

빈민촌의 걸인들이었다.

"찾으시는 자가 있다고 들었는데, 소인들이 힘을 보탤 수 있을 것 같습니다요."

변상벽이 빈민촌 아이들에게 친절을 베풀었다는 소문이 퍼져 이번에는 어른들이 돕고 싶다고 나선 것이었다. 변상벽이 의심스러운 눈초리로 물었다.

"자네들이 무슨 수로?"

"헤헤. 도성 어딜 가도 빌어먹는 놈들이 천지 삐까리니, 어찌 생긴 자인지 알려만 주십쇼."

손해 볼 것은 없어 보였다.

도성 내 걸인들에게 귀 하나 없는 노파와 눈 하나 없는 노부를 찾으라는 임무가 떨어졌다. 하루 이틀이 지나자 전에 곳곳에서 비슷한 노인을 목격했다는 제보들이 날아왔다. 모아 놓고 보니, 청계천의 여러 다리들 가운데 광통교 인근에서 목격했다는 제보가 가장 많았다.

"광통교라면…"
"서화사 골목 같습니다요."

거리마다 그림들이 즐비하게 걸린 광통교 인근에는 그림을 사고파는 서화사들이 길게 늘어서 있었다. 몇 번이나 노부부를 목격했다는 걸인은 그곳에서 구걸을 하는 중이었다. 막상 변상벽과 쪼깐이가 나타나 목격담에 대해 묻자 입을 꾹 다물고 있던 걸인은, 변상벽이 몇 푼을 쥐여 주니 그제야 씨익 미소를 띠며 말했다.

"제 두 눈으로 똑똑히 봤습죠. 골목에서 나오는데, 머리카락으로 가리긴 했지만 할아범은 외눈이고, 할멈은 귀가 하나인 게 분명했습니다. 조금 전에도 봤었는걸요."
"그게 언제인가?"

또 묵묵부답. 변상벽이 학을 떼며 한 푼을 더 내자 다시 입이 열렸다.

"정확히, 이각 전입니다요."

걸인이 노부부를 목격했다는 골목을 중심으로 이리저리 오가며 수색을 펼쳐 보았지만 의심 가는 자들을 찾을 수는 없었다. 범위를 넓혀 청계천을 따라 한 바퀴를 다 돌아봤으나, 효잣골 까마귀는커녕 그 비슷한 노인네들도 없었다. 골목 끝의 서화사까지 둘러본 쪼깐이가 고개를 저으며 다가왔다. 지친 변상벽이 나무 그늘 아래 아무렇게나 엉덩이를 깔고 앉았다. 이쯤 되자 변상벽의 머릿속에 이런 생각이 떠올랐다.

'걸인 놈들에게 속았다!'

쥐여 준 푼돈이 아깝진 않았다. 그보다는 지난날 유기아들에게 베풀었던 선의가, 도리어 거짓부렁으로 돌아왔다는 것에 기분이 나빠졌다.

변상벽이 씩씩 소리를 냈다.

"그럼 그렇지. 염병할…. 어쩐지 남의 것 빌어먹는 재주밖에 없는 놈들이 나서서 뭘 돕겠다고 할 때부터 내 알아봤어야 했는데."

쪼깐이가 그 속도 모르고 구시렁댔다.

"나리, 이왕 이렇게 된 거 국밥이라도 한 그릇 하고…."

"야, 이놈아! 배 속에 뭐, 굶어 죽은 귀신이라도 들었느냐?"

"온종일 돌아다니니 눈앞도 흐릿하고…."

"누가 들으면 굶긴 줄 알겠다! 아까 먹지 않았느냐?"

"그건 농사를 했다 치면, 새참 아닙니까요. 끼니 식사하고 새참하고는…."

투덜거리는 쪼깐이 너머로, 일흔은 족히 넘어 보이는 두 노인네의 모습이 변상벽의 눈에 들어왔다. 머리카락으로 한쪽 눈을 가린 노부와 한쪽 귀가 없는 노파, 걸인의 목격담 그대로였다. 나무 뒤에 숨은 변상벽과 쪼깐이가 고개를 빼꼼 내밀었다. 노부부는 거리에 걸려 있는 그림들을 살펴보고 있었다.

"저 노인네들이 정말 그 노인네들일깝쇼?"

변상벽이 아까와는 달리 확신에 찬 목소리로 대답했다.

"십 리 안에 저런 노부부가 또 있다면, 이 변상벽이는 열도 넘을 것이다."

노부부가 골목을 벗어나 청계천을 따라 걷기 시작했다. 변상벽이 뒤를 좇으며 말했다.

"쪼깐아, 가자."

"뭘 하러요?"

"미행."

노부부는 느릿느릿 걸었다. 변상벽과 쪼깐이는 행여 들킬까 초립을 푹 눌러쓰고는, 노부부가 눈치채지 못할 만큼 먼 거리를 유지하며 뒤따랐다. 앞에서 멈추면 따라 멈추고, 걸으면 다시 따라 걸었다. 도성 밖에 펼쳐진 논밭을 지나 외길에 접어드니 초가 몇 채가 드문드문 나타났다. 노부부는 그중에도 끄트머리, 가장 허름해 보이는 거처로 들어갔다. 작은 동산을 등지고 있는 오래된 초가집이었다.

*

"삼가 생각건대, 의금부에 수금 중인 영부사 허지완이 힘을 다하여 왕실을 보필한 충신인 것은, 대소신료들이 모두 아는 바입니다. 그자의 추문은 용렬한 자질로 세자의 자리에 있는 저의 부덕 때문이니, 엎드려 바라건대 성상께서는 굽어살피시어 허지완의 억울함을 풀어 주소서."

세자가 머리를 조아리고 소청(訴請)하였지만, 임금은 그런 세자를 바라만 볼 뿐 한동안 대답이 없었다. 어려서부터 병약하고 심성이 유약한 세자였다. 게다가 이젠 후사까지 생기질 않으니, 이런 세자에게 임금의 자리를 물려주는 것이 마땅치 않다는 생각이 들기도 했다. 하지만 임금의 입장에서 무엇보다 걱정되는 것은 따로 있었다.

세자는 임금이 늦은 나이에 얻은 첫아들이었다.

정실에게서 태어난 아이가 아니었음에도 바로 이듬해에 왕위를 계승할 원자(元子)로 책봉을 받았으니, 이를 반대하고 나서는 이들이 많았다. 이윽고 궐내에는 피바람이 불었고, 집권 중이었던 노론 세력의 인물 중에서 사사(賜死)당하고 폐출(廢黜)당한 사람만 수십이 넘었다. 태어나면서부터 당쟁의 불씨였던 세자가, 임금의 자리에 올라선 뒤 당쟁의 혼란함을 온전히 버텨 낼 수 있을까 싶어 우려되었던 것이다.

"내 금손을 어여삐 여겨 특별히 대하였으니, 걱정으로 매일 밤을 지새우는 것은 맞다. 다만 진정으로 두려운 것은 이 일의 원인이다. 너도 그것을 모르진 아니할 터다."

"…."

"수금된 이의 허실과 진위는 저절로 밝혀질 것이다. 아니! 밝혀지지 않아도 무관하다. 세자가 가장 먼저 해야 할 일은 여기에 엎드려 옳고 그름을 가리는 것이 아니라, 편당(偏黨)하여 왕실을 모욕하는 무리를 물리치고 왕권을 바로 세우는 일임을, 분명히 알아야 할 것이다."

세자는 말이 없었다.

효잣골 까마귀

"나으리, 나으리."
"왜 그러느냐?"
"다리에 감각이 없습니다요."

길 건너 돌무더기 뒤에서 변상벽과 쪼깐이가 잠복 중이었다. 쪼깐이는 처음엔 실전 잠복이라는 것만으로도 신나 했지만, 한 시진이나 쪼그려 앉아 해가 뉘엿거리는 초가집 풍경만 바라보고 있으려니 여간 좀이 쑤시는 게 아니었다.

"침 있지? 코에 바르거라."
"이미 발랐습니다요. 나으리! 언제까지 이러고 있습니까요?"
"노인네들이 밖으로 나오거나, 방 안 호롱불을 끄거나 할 때 부르거라."

홀로 다리를 뻗고 앉은 변상벽이 눈을 감았다.

"효잣골 까마귄지 까친지. 그래 봤자 노인네들 아닌가요? 저희가 변가권법으로다가, 팍! 휙! 해서…"

"거, 시끄럽다. 이놈아. 포졸 되겠다는 놈이 반나절도 못 있느냐?"

"나으리, 나으리."

"아, 왜, 또! 뭐!"

"나갑니다요. 노인네들."

변상벽이 돌무더기 틈으로 보니, 등짐을 진 두 노인이 집에서 나와 어딘가로 걸어 나가는 중이었다.

"좋아, 가자."

변상벽이 슬며시 자리에서 일어나자, 쪼깐이가 코에 침을 연신 바르며 그 뒤를 따랐다.

"안에 계시오? 아무도 안 계시오?"

노부부가 나온 집 마당에 들어선 변상벽이 작게 말했다. 대답이 없는 것을 확인한 다음 안방 문을 열고 들어갔다. 변상벽과 쪼깐이가 각각 집 곳곳을 뒤졌다. 안방이나 부엌 모두 제대로 된 물건이 없었다. 식기에는 죄 녹이 슬어 있고, 이부자리에는 곰팡이가 자란 것으로 보아 이 집에서 생활하진 않는 것처럼 보였다. 무엇보다 고양이와 관련한 물건은 어디에도 보이질 않았다. 건넌방 바닥에 그리다 만 그림들이 아무렇게나 널브러져 있었다. 모든 그림에 산세가 험한 바위산의 모습이 담겨 있었다. 묘한 매력에 변상벽이 그림들을 가만히 쳐다보고 있는데, 쪼깐이가 호들갑을 떨었다.

"나으리, 이리 좀 와 보십쇼!"

쪼깐이가 광 안에서 무언가를 찾아내었다. 그것은 일전에 보았던 그 광대탈이었다.

"역시 이들이 그때 그…"

퍽! 소리와 함께 옆에 있던 쪼깐이가 정신을 잃고 꼬꾸라졌다.

"쪼깐…"

퍽! 변상벽도 마찬가지 신세가 되었다.

먼저 정신이 든 것은 변상벽이었다. 두통을 느끼면서도 몸을 움직여 보려 했지만 손발이 묶여 꼼짝을 할 수 없었다. 이상했다. 발아래에 저녁달이 떠 있었다. 고개를 돌리자 나무에 거꾸로 매달려 있는 쪼깐이가 똑바로 보였다. 그렇다는 것은 자신도 거꾸로 매달려 있단 얘기였다. 둘러보니 멀지 않은 곳에 노부부 자객의 초가가 보였다. 어떻게 된 일이지? 초가를 뒤지던 것까지는 기억이 났다. 그렇다면 아무래도 들켜서 여기 묶여 있는 것이었다. 정신이 퍼뜩 들었다.

"읍읍!"

변상벽은 쪼깐이를 부르려 했지만 입이 틀어막혀 있어 목소리를 낼 수 없었다. 다급한 신음 소리에 쪼깐이 또한 정신을 차렸다. 변상벽과 다를 바 없이 꼼짝할 수 없는 지경이었다. 그때 어디선가 날아든 까마귀 한 마리가 변상벽의 허리춤에 앉았다.

"으읍?"

놀라 몸을 마구 뒤흔드니 까마귀가 날아가 버렸다. 날아간 까마귀는 건너편의 나무에 앉았다. 그곳엔 수십, 아니 어쩌면 수백 마리의 까마귀가 앉아 있었다. 두 사람이 죽기만을 기다리는 저승사자들처럼 보이기도 했다. 기겁을 한 변상벽과 쪼깐이가 있는 힘껏 몸을 움직이며 난리 법석을 떨던 중이었다.

"에에취이! 훌쩍…."

기침 소리와 함께 모습을 드러낸 것은 한쪽 귀가 없는 할멈과 한쪽 눈이 없는 할아범이었다. 굽은 등과 잦은 기침, 끊임없이 몸 곳곳을 긁적이는 모습은 영락없는 일흔 노인의 모습이었지만, 자세히 보면 여기저기에 심상치 않은 칼자국들이 보였다. 특히 손과 팔에 작은 상처들이 가득했다.

할멈이 말했다.

"개 대가리 같은 것들이 뒤에서 졸졸 묻어댕기더니 기어이 찾아왔다이! 왜 묻어댕기니? 니들 대감이 우리한테 고양이 찾아오라 시켰슴?"

할아범이 대신 대답을 했다.

"저것들이 무엇이나 알겠슴메? 위에서 시키니 왔겠지비. 킁."
"시킨다고 하니? 쯧쯧. 어찌 명을 재촉하는지, 메한 놈들이다이."
"읍읍? 읍읍으읍!"

고양이를 찾아 온 건 맞지만, 뭔가 오해를 하는 것 같았다. 변상벽과 쪼깐이가 입이 막힌 채로 최대한 억울함을 표현했다. 답답한 건 할멈과 할아범도 마찬가지였다.

"뭐래니. 안 들린다이!"

할멈이 한쪽뿐인 귀를 가까이 가져가, 둘의 목소리를 듣고 말뜻을 짐작했다.

"무시기? … 야? 그냥 죽여 달라 하니?"

그런 적 없었다.

"으읍?? 읍읍읍!"
"하기야 이것들이 그래도 무사들인데. 킁. 까마귀 밥으로 죽는 건 체통이 아니 서지 않겠슴?"

그렇게 말하며 할아범이 인근에 굴러다니던 녹슨 낫을 하나 들고 다가왔다. 묻어 있는 풀때기를 털어 내려 휘두르는데 바람 소리가 보통이 아니었다. 그 모습에 한층 억울해진 변상벽과 쪼깐이가 더욱 격

렬하게 몸뚱이를 흔들어 댔다. 그러자 말소리가 겨우 조금 새어 나왔다.

"음읍, 읍울, 업굴…."

할멈이 다시 귀를 가져다 댔다.

"썩을? 어굴? 억울? 억울하다고?"

변상벽이 격하게 고개를 끄덕였다.

"억울은 무시기 개 풀 뜯어 먹는 소리를 하니! 야, 니 그 말 잘했다이. 억울한 걸로 치자믄 우리만 하겠냐는 말임."

듣자 하니 노부부 자객은 변상벽과 쪼깐이를, 금손이 납치 의뢰인의 부하로 오해한 듯했다. 할멈과 할아범은 뭐가 그리 억울했던 것인지 자신들이 임금의 고양이를 납치했던 과정에 대해 차근차근 설명하기 시작했다.

달빛 희미한 날 밤에 노부부 자객이 동궐의 담을 넘었다. 금손이의 처소는 어지간한 이들은 접근할 엄두도 내기 힘든, 임금의 침전 인근에 있었다.

"그나마 우리니까, 예전에도 출입해 본 적이 있었던지라 가능했던 거지. 그게 얼마나 어려운 일인지 아니?"

노부부는 늙은 도둑고양이처럼, 조용하고 침착하게 침투했다. 관절염과 오십견으로 삭신이 쑤시는 와중에도 노련함과 꼼수로 부족한 신체 능력을 채웠다. 눈 위를 걸어도 흔적 하나 남지 않을 것처럼 가볍게 걸었으며, 활처럼 마르고 유연한 몸을 이용해 나뭇가지인 척 몸을 숨겼다. 손바닥만 한 틈만 있어도 물처럼 흘러 들어갔다. 마침내 금손이의 처소에 도착한 노부부는 기와지붕의 작은 틈을 이용해 안으로 들어갔다. 말린 생선으로 금손이를 유인해 자루에 담았고, 들어왔던 길을 따라 유유히 궐을 빠져나왔다. 수월했다. 여기까지는.

"담을 딱 넘었는데! 그, 그 있었지비! 웬 오줌 누던 놈! 살다 살다 오줌 누는 놈 위로 디베지긴 또 처음이었단 말이지. 어두워서 얼굴을 잘 못 봤지만…."

할멈이 변상벽을 보고, 삿대질을 했다.

"그래! 딱 니놈 같이 생겼었지. 요즘 아들은 다 비슷하게 생겨 가지구서리."
"모가지를 비틀어 버렸어야 하는데. 쿵."
"무시기래! 곤죽을 만들어 버렸어야지비."

변상벽이 고개를 푹 숙였다.

"그리고 또 있었잖슴. 쿵. 그 무시기."
"맞지! 낯빤대기에 뭘 뒤집어쓴 놈이 무슨 웬수라도 되는지 칼을 빼 들고 덤베는데! 아니, 근데 진짜 그놈은 누기였지비?"
"알 게 뭐이나."

"임무가 임무다 보니 일단 도망을 쳤지비!"

여기까지는 오줌 누던 변상벽도 아는 내용이었다. 그 이후, 도망친 노부부 자객은 종묘 인근의 외진 숲에 도착했다.

"문제는 그다음이 아니겠슴? 본래는 그 임금의 고양이를 죽였어야 하는 거이, 사램은 수도 없이 죽여 봤지만 고양이는 어쩐지 죽이면 천벌을 받을 것 같아 가지고…."

자루째 베어 버리려던 할멈이 망설였다. 저 죽을 것을 알았는지 쉼 없이 야옹야옹 울어 대는 고양이 때문이었다.

"그래, 내 이놈 하나 더 벤다고 지옥 갈 몸 극락 가겠슴?"

그래도 마음을 다잡고 다시 칼을 들어 올리는데, 갑자기 고양이 울음소리가 뚝 그쳤다.

"갑재기 조용해진 거이, 이놈이 놀라서 죽어 버렸나 싶어, 자루를 슬그마이 열어 봤는데."

자루를 열자마자 금손이가 후다닥 도망쳤다. 그리고 어두운 수풀 사이로 모습을 감췄다.

"내 생전 그렇게 날랜 놈은 본 적이 없슴메. 암. 그렇고말고."

할아범이 혀를 차더니, 할멈 탓을 하려고 나섰다.

"쿵. 그러길래 잡자마자 죽이자고 하지 않았슴."
"자네가 언제 그리 했슴?"
"그랬지비."
"야, 이 꼬부랑탱아! 그럼 니가 하지 왜 아니 했니? 죽이고 천벌 받지!"

버럭버럭하는 할멈의 호통을 뒤로하고 할아범이 말을 이었다.

"다음에는 그게 뭐이야. 북촌 사거리에 파란 기와집. 쿵. 그 집 뒷마당에 고양이 뒈진 걸 묻어 놓는 것까지가 우리 임무이지 않았슴? 근데 고양이 뒈진 게 없으니 어떡함메? 야, 비슷한 거라도 묻어야 하나 싶어 가지고, 말똥을 넣어다 묻긴 했단 말이지비. 쿵."
"뒈지면 다 말똥이랑 비슷하지비! 고양이든 뭐든!"

결국 고양이를 가지고 궐 밖으로 나오긴 했지만, 천벌 받을까 봐 죽이길 망설이다가 놓쳐 버렸고, 묻었어야 하는 사체 대신에 말똥을 묻었다는 말이었다.

"어떠니? 이러니 우리가 억울하겠니, 아니 하겠니?"

솔직히 뭐가 그렇게 억울한 건지는 알기 어려웠지만, 변상벽과 쪼깐이는 살기 위해 고개를 마구 끄덕였다.

"궐 밖으로 빼내긴 했으니 절반은 성공이지 않니? 근데 그깐 고양이 좀 잃어버렸기로서니, 이

노친네들을 죽이겠다고 어르재고! 못살게 구는 게 말이 되니?"

"그래! 킁. 그것은 이 할마이 말이 맞지. 또한 고양이 그것은 요물이라 맴 같이 아니 되지. 맴 같이 다 되믄 그것은 개다이."

"백번 양보해서리, 잔금도 아니 받을 테니 찾아오지 말라고, 밀서에다 다 써 놓았잖습! 니네 대감이 말한 곳에다 밀서를 잘 넣어 놨고. 근데도 왜 고양이를 우리한테 와서 찾는 거라니? 우리 말 못 믿는 거니?"

변상벽의 발음이 좀 나아져 가고 있었다.

"밈섬, 밈러를, 어딤?"

"무시기? 밀서? 밀서 어디 뒀냐고? 니 모름? 경복궁 옛터 안쪽 수정전 돌계단에 넣어 두라 하지 않았니. 니들 대감이."

"오오. 홰애. 과아."

"뭐래는 거니, 이 어징어 같이 생긴 놈이."

할멈과 할아범이 변상벽의 말에 귀를 기울였다. 변상벽은 오해가 있음을 알리려 했다.

"이임. 슴므. 미다아…."

"에이, 모르겠다. 그냥 죽이자."

답답해진 할아범이 낫을 들었다.

깜짝 놀란 변상벽이 고개를 마구 도리도리했다.

할아범이 개의치 않고 낫을 내리치려는데, 할멈이 할아범의 팔을 덥석 잡았다.

"멈추라!"

그러곤 변상벽과 쪼깐이를 묶은 매듭을 가리켰다.

"야, 이 눈까리 하나인 아바이야! 이 봐라. 내가 몇 번을 말했니! 뒤에서 매듭 묶을 때 이래 까꾸루 하지 말랬지? 이래믄 팔꿈치 벌려서 손모가지 하나씩 빼니 금방 풀린다 아니 했니!"

할아범이 매듭을 보더니 맞받아쳤다.

"이 귀때기 하나인 할마이가 보자 보자 하니 노망이 들었니? 잘만 묶였두마는. 큼. 이래 묶였는데 꼼짝이라도 할 수 있슴? 응?"
"팔꿈치 벌리면 풀리지 않갔슴!?"
"아니라니! 묶인 사람한테 물어보자! 어디."

할아범이 변상벽에게 발언권을 넘기니, 할멈과 할아범 둘 다 변상벽의 대답만을 기다리고 섰다. 난감했다. 어느 쪽 편을 들어야 하나.

"어?"

때마침 언덕 아래 보이는 노부부의 초가에 횃불을 든 자들이 나타났다.

"저건 또 웬 놈들이라니? 우리 집에 장이라도 선 줄 아니?"

"고양이 찾아온 놈들 같다이…."

"그건 애네들 아니니?"

변상벽과 쪼깐이를 보고 갸웃거리던 할멈과 할아범이 한마디를 남기고 초가로 내려갔다.

"여 기다리라."

낫을 든 할멈과 할아범이 시야에서 사리지자마자 변상벽도 쪼깐이도, 지금 당장 도망치지 않으면 끝장이라는 것을 본능적으로 알아챘다. 쪼깐이가 몸부림을 치며 매듭을 풀어 보려 했지만, 풀리지 않았다. 변상벽이 아까 할멈이 말했던 방법대로 차근히 팔꿈치를 벌려 손목을 하나씩 뺐다. 그랬더니, 정말로 매듭이 풀렸다. 자신을 묶었던 줄을 모두 풀고 내려온 변상벽이 쪼깐이까지 풀어 주었다. 나무에서 내려온 쪼깐이는 떨림이 멈추지 않는지 계속해서 이 부딪치는 소리를 내었다.

둘은 숨을 죽이고 숲으로 도망쳐 들어갔다. 멀리 초가에서 노인네들이 누군가와 칼을 맞부딪는 소리와 비명 소리가 들려왔다.

악몽 같은 밤이 지나고 있었다.

*

바깥이 소란스러워 변상벽이 제 방에서 잠을 깼다.

"나리! 빨리 피하세요!"

쪼깐이가 황급히 방문을 열어젖히며 외쳤다. 밖으로 나가 보니 정체를 알 수 없는 무사들이 검을 든 채로 집 안 곳곳을 헤집고 있었다. 무사 하나가 변상벽에게 다가오자 쪼깐이가 그 앞을 막아섰다. 쪼깐이는 단칼에 쓰러졌고, 도망쳐 나온 변빈과 변대감 또한 검에 베여 비틀거리다 마당에 힘없이 고꾸라졌다.

얼굴이 보이지 않는 누군가가 변상벽의 앞에 섰다.

"늘 네놈이 문제였다. 천한 놈의 자식."

그가 손짓으로 지시를 내리자, 피 묻은 낫을 든 두 노인이 나타났다.

변상벽이 두려움에 떨며 외쳤다.

"왈, 왈왈?!"

어째선지 입에서 개 소리가 나왔다. 낫이 사정없이 변상벽의 가슴을 베었다.

"으악!"

식은땀으로 흠뻑 젖은 변상벽이 경수소 구석에서 잠을 깼다. 순찰을 나가던 포졸들이 그런 변상벽을 보고 작게 비웃었다.

깊은 밤, 개꿈이었다.

"나리, 나리?"
"응?"
"괜찮으십니까요?"

동산에 있는 정자에 앉아 벼루에 먹을 갈던 변상벽은 잠시 넋을 놓고 있었다.

"그래. 괜찮다. 내 딴생각을 했구나."

붓을 든 변상벽이 글을 써 내려갔다. 옆에 앉아 지켜보던 쪼깐이가 물었다.

"무얼 쓰시는 건가요?"
"지난번 그 까마귀 노인네들이 의뢰인에게 밀서를 보낸 방법 기억하느냐? 경복궁 수정전 옛터에."
"예. 무슨 돌계단에 넣어 두었다고…."

금손이 납치를 요청한 의뢰인은 효잣골 까마귀를 찾고 있었다. 그렇다는 건 효잣골 까마귀인 척 밀서를 적어 유인한다면 의뢰인을 끌어낼 수도 있다는 말이었다.

변상벽이 쓴 글을 쪼깐이가 천천히 읽었다.

"계유일 유시(酉時)에 효심 깊은 팽나무 아래로 직접 나와라. 금빛 검은 새가… 이게 무슨 소린가요?"
"암호다, 이놈아."
"암호요?"
"그래. 금빛은 임금의 꿀묘, 검은 새는…"
"아, 아! 까마귀, 어? 근데 팽나무가 어찌 효심이

깊습니까요?"
"이놈은 하나를 알려 주면 하나를 모르는구나. 효잣골에 있는 팽나무 아래로 나오라는 말 아니냐! 척하면 척이지."
"아아, 이것이 암호. 도통…. 그냥 알아듣겠는 말로 하면 안 됩니까요?"
"암호라는 게 본래 알아들을 사람만…! 아니다. 됐다. 알아듣고 나오는 자가 있다면, 임금의 고양이를 훔치려 한 자이거나 적어도 관련 있는 자임이 틀림없을 게다. 우리는 숨어서 그자가 누군지 확인하기만 하면 된다."
"확인하고 나면요?"
"응?"
"확인하면, 저, 저희는 이제 뭘 한답니까요?"

그렇게 묻는 쪼깐이의 목소리가 떨렸다. 티를 내진 않았지만, 겁이 나는 탓이었다. 그도 그럴 것이 비밀 임무라고 하여 신나게 시작은 했지만 이럴 줄은 몰랐을 터였다. 호랑이 밥 될 위기나 까마귀 밥 될 위기보다 더 무서운 것이, 나랏일 하는 양반을 건드리는 것이었다. 변상벽도 그 점을 모르는 바 아니기에 쪼깐이의 두려움을 바로 알아챌 수 있었다. 이 사건은 더 이상 잃어버린 고양이를 찾는 정도의 사건이 아니었다. 모르긴 몰라도 일개 포교가 파헤친다고 될 일이 아닌 것은 분명했다. 하지만 괘씸한 좌포청 놈들과 꼴 보기 싫은 변 대감에게 큰소리친 것

때문에라도, 이렇게 아무런 성과도 없이 그만둘 수는 없었다. 게다가 이 정도로 생고생을 하고 나니 변상벽도 궁금해졌다. 도대체 왜, 누가 임금의 고양이를 훔쳤을까? 여기까지 온 이상 먼발치에서나마 누군지 확인만이라도 하고 싶었다.

"쪼깐아. 네 비밀 임무는 이제 끝이다."
"예? 하지만…."

변상벽이 먼저 자리에서 일어났다.

"앞으로 벌어질 일들… 포졸 지망생이 겪기엔 과중한 것일 게다. 포교들 중에서도 경력이 일천한 자들은 어림도 없지. 암. 이제 쪼깐이 네가 할 일은 집에 돌아가 평범한 하루를 보내는 것이다. 비밀 임무에 대해서는 잊고, 내 걱정은 말거라."
"나, 나으리…."

변상벽이 이 와중에도 허세를 부리며 천천히 발걸음을 옮겼다.

"나으리!"
"어허, 내 걱정 말라니까!"
"그것이 아니오라, 이 밀서 가져가셔야…."
"…."

다시 돌아온 변상벽이 밀서를 가지고 갔다. 멀어져 가는 변상벽을 쪼깐이가 걱정스러운 눈빛으로 바라보았다.

고양이 목에 방울 달기

임진년 왜란 때 불타 버린 경복궁[6]은 옛터만 남은 채로 방치되어 있었다. 왜란이 일어난 지 벌써 100년도 넘었으니, 궐 안엔 나무들이 빼곡히 자라 숲을 이룰 지경이었다. 간간이 자리한 돌계단과 기둥들만이 수려했던 과거를 짐작게 했다. 남아 있는 외곽의 돌담 안으로는 일반 백성의 출입이 허용되지 않았지만, 간혹 땔감을 가지러 몰래 들어가는 노비들이 있을 정도로 경비가 삼엄하지는 않은 편…이라는 쪼깐이의 말만 믿은 것이 잘못이었다.

"쪼깐이 이놈…."

막상 도착한 돌담 인근엔 경비가 빈틈없이 삼엄했다. 알아보니 곧 있을 제례 준비를 근정전 터에서 하는 중이었다. 출입이 가능한 것은 제례를 관리하는 관리들뿐이었는데, 제례는 봉상시가 담당하는 일이었다.

6 1592년에 임진왜란으로 불에 타 없어졌으나, 고종 4년인 1867년에 중건되었다.

"봉상시라…."

내키지가 않았을 뿐이지, 누구에게 도움을 청해야 할지 변상벽은 확실히 알고 있긴 했다.

"이걸 놓아두고 와 달라? 수정전 터에?"

변빈이었다. 죽으면 죽었지 변빈에게 빚질 일은 만들고 싶지 않았던 변상벽의 자존심에 금이 가는 소리가 들렸다.

"그렇소. 정확히는 수정전 터 돌계단 아래요."

오호라. 변빈은 변상벽이 내민 문서를 받아 들었다. 여러 번 접힌 밀서였다.

"이게 무엇이길래?"

변빈이 밀서를 펼치려 하자, 변상벽이 황급히 제지했다.

"내용은 보지 마시고! 연유도 묻지 마시고!"
"알겠다. 그래. 그러니까 지금… 가출한 지 열흘 만에 느닷없이 봉상시까지 찾아와서는, 정체 모를 밀서를 전달해 달라고, 내게 간청을 하는 것이냐?"
"뭐, 그렇다고도 할 수 있고. 뭐."

변상벽이 눈도 마주치지 않고 퉁명스레 말했다.

"네 청에 응하면 나는 무슨 득을 보느냐?"
"뭐… 뭐 원하는 거라도 있소?"

"말하면 들어주느냐?"
"아, 말이라도 해 보시오."
"당장 집에 들어오거라. 아버지께서 걱정이 이만저만이 아니시다."
"이 일만 마무리되면, 들어오지 말라고 해도 들어갈 것이오."
"그러냐? 그럼 다른 걸로 하마."
"뭐요?"

변빈의 입꼬리가 슬쩍 올라가는 것이 보였다.

"형님이라 부른다고 약조한다면…."
"에이, 진짜! 관두시오. 도로 줘, 줘! 다른 이에게 청하겠소."
"너 아는 이도 없지 않으냐. 성격이 드러워서."
"뭐, 그럼 어쩌라는 거요? 아니, 맨날 형제간의 우애네 뭐네 하면서, 그런 조건을 걸고 이득을 따지고, 뭐, 뭐 그러려는 것이오?"
"형님~ 한번 해 보거라. 그게 뭐 별거더냐? 피휘(避諱)를 할 것도 아니고."

변상벽이 눈을 꾹 감았다 떴다. 곤욕을 참고 마침내 입을 떼었다.

"혀… 혀… 형님."
"도와주십쇼. 형님~"
"도, 도와주십쇼. 형님…."

신이 난 변빈이 변상벽의 손을 꼭 잡고 말했다.

"옳지! 상벽아, 우리가 이제야, 정녕 형제가 되었구나!"

변빈이 변상벽을 일방적으로 끌어안았다. 멀리서 이를 지켜보던 봉상시의 다른 관리들이 형제간의 우애를 칭찬하느라 입이 말랐다.

경복궁 터에서 제례를 준비하던 관리들 틈에서, 변빈이 슬쩍 자리를 떴다. 수정전 터에 도착한 변빈은 쉼 없이 주변을 두리번대며 누가 보고 있진 않은지 살폈다.

밀서라니! 변빈은 속으로 생각했다. 평생을 붓글씨나 쓰던 양반에게는 제법 살 떨리는 일이었다. 슬며시 돌계단 아래를 만져 보니 정말로 문서가 들어갈 만한 틈이 나 있었다. 변상벽에게 들은 대로였다. 품 안에서 밀서를 꺼내 든 변빈의 손이 떨렸다.

"좌포청 나리들… 맞으시지요?"

이 포교를 비롯한 포졸 무리가 한가탕반에서 식사 중이었다. 묘마마가 국밥과 함께, 시키지도 않은 전을 올리며 소속을 물었다.

"그러하네만?"
"변 포교 나리는 잘 계신지요? 요즘 통 기별이 없으셔서."
"변 포교? 그 고양이 찾으러 다니는 얼자 말인가?"

"어디 고양이뿐인가? 까마귄지 까친지도 찾아다
니다던데."

포졸들이 껄껄 웃어 댔다. 묘마마가 영문을 모르고 있자, 이 포교가 나섰다.

"그자는 포교 그만둔 지 오래네. 왜 묻는가? 어디
서 또 사칭이라도 하고 다니는가?"
"그만뒀다구요? 언제…."

신이 난 포졸들이 한 마디씩 끼어들었다.

"제 발로 그만뒀음 다행이게? 매 맞고 쫓겨난 거
지! 킬킬."

당황한 묘마마가 물었다.

"그럼 사라진 유기아들을 찾아 달라는 청도, 못
들으셨나요?"
"엥? 하다 하다 이젠 유기아들도 찾아다니는구만!"

포졸들의 비웃음 속에서 묘마마는 변상벽이 언제부터 거짓부렁을 했을지 짐작해 보려 했지만, 도통 알기가 어려웠다. 속없는 포졸들이 덤으로 나온 전을 마구 집어 먹으려 하자, 묘마마가 도로 낚아채 자리를 떴다.

"변가…. 이 똥물에 빠져 벼락 맞을 놈!"

"귀가 왜 이리 간지럽지…."

변상벽이 귀를 파며 중얼거렸다.

행상 차림을 한 변상벽은 효잣골 팽나무 건너편에 좌판을 펴고 앉아 있었다. 밀서를 본 누군가 나타난다면 한눈에 확인하기 좋은 위치였다. 하지만 벌써 한 시진째. 팽나무 아래에서는 물지게를 진 물장수가 쉬어 가거나 저자에 나가는 아낙들이 잠시 모여 수다를 떨었을 뿐, 특별해 보이는 자를 볼 수는 없었다. 도리어 좌판에 깔아 둔 미투리만 몇 켤레 팔렸다.

그때 익숙한 얼굴이 팽나무 아래 나타났다. 변빈이었다.

"저 인간이 왜…."

두리번거리던 변빈이 이내 변상벽을 알아보고는, 손을 흔들면서 해맑게 다가왔다.

"여어! 아우!"

"쉿, 아니, 여긴 왜 어떻게 왔소?"

"왜 오긴 녀석아. 아우가 옳은 일을 하는데, 형 된 자가 어찌 보고만 있겠느냐. 그리고 밀서 보니까 여기란 걸 딱 알겠더구나."

"뭐? 펼쳐 보지 말라고 하지 않았소!"

"그랬지. 그래서 펼쳐 보진 않았다. 대신 접힌 밀서를 불빛에 이리저리 비추니, '효심 깊은 팽나무'만 보이길래 이리 와 봤다. 내가 또 수수께끼 해결에는 일가견이 있지 않으냐? 하하하!"

변빈이 주위의 이목이란 이목은 다 끌고 있었기에, 급한 대로 일단 옆에 앉혀 조용히 시켰다.

"쉿! 돌아가시오. 수사에 방해되오."

변빈이 덩달아 목소리를 낮추어 대답했다.

"걱정 말거라. 내 이래 봬도 병법도 읽었고, 무예도 나쁘지만은 않다."
"뭘 하는 줄 알고나 이러는 거요?"
"뭐를, 찾고 있다지?"

변빈이 다 알고 왔다는 듯 씨익 미소를 띠자, 변상벽이 한숨을 쉬었다.

"쪼깐이 이 썩을 놈이…."
"쪼깐이는 아무 말도 안 했다. 다 내가 유추를 한 것이지. 그리고 생각해 보거라. 니가 찾는 범인이 궐내의 사람이라면, 아무래도 너보단 내가 잘 알아보지 않겠느냐?"
"봉상시의 말단이 궐내의 일을 알면 뭘 얼마나 안다고 그러오."
"욘석아. 아무리 말단이라도 관청에 있으면 듣고 싶지 않은 것까지 듣게 되는 법이다. 너 지난번에 사라진 전하의 고양이 이야기는 아느냐?"

변상벽이 변빈을 쳐다보았다. 다 아는 것처럼 굴더니 무슨 속셈인가 싶었다.

"고양이를 훔친 게 말이다. 소론 짓이라더구나."

"소론? 누구요? 누가 훔친 것이오?"

변상벽이 몸을 돌려 가면서까지 관심을 보이자, 변빈이 쓰윽 딴청을 피웠다.

"궁금하냐? 헌데 난 모른다. 말단이 뭘 알겠느냐?"
"… 형님, 말씀 좀 해 주시오. 형님! 됐소?"
"이 형님이 들은 소문으로는 말이다. 영부사 허지완 대감이 무슨 서신을 나누다가 의금부에 갇혔다던데…."
"그럼 고양이는 찾았소? 왜 훔쳤단 말이오?"
"그게 말이다. 감찰 중에 영부사 댁 뒷마당에 묻혀 있던 자루가 나와서 죽은 고양이를 넣어 둔 줄 알았는데! 그 안에 글쎄, 말똥이 들어 있었다고 하더구나. 하하! 말똥을 왜 묻어 둔 걸까?"
"말똥이라면… 혹시 그 대감 집이 북촌에 있소? 파란 기와?"
"응? 그걸 어떻게 아느냐? 포교도 제법이구나."

말똥이 허지완의 집에서 나왔다면, 그는 범인이 아니었다. 오히려 누군가 그를 범인으로 만들려는 수작을 부린 것! 그렇다는 건 범인은 도리어 허지완의 반대파인 노론 사람일 가능성이 크다는 뜻이었다.

변상벽이 물었다.

"내가 뭘 찾고 다니는지 알고는 있는 거요?"
"응? 사라진 유기아들을 찾는 것이 아니더냐?"
"응. 아니오. 이제 돌아가시오."

변상벽이 정색을 하고 말하니, 변빈도 더는 대화를 이어 갈 수 없었다.

변빈은 일터인 봉상시로 돌아오는 내내 속이 복잡했다. 변상벽은 어릴 적엔 형님, 형님 하며 곧잘 자신을 따랐었다. 아버지 변 대감이 변빈에게 갖는 기대가 커지면서 적서 차별이 더욱 심해졌고, 그 후부터는 변상벽이 마음을 닫고 거리를 두었다. 변빈이 집안의 기대에 부응할수록 형제간의 우애는 멀어졌으니, 이제 와 쉽게 되돌릴 수는 없겠으나 그래도 하나뿐인 동생이 걱정되는 마음은 어쩔 수가 없었다.

관청 내 자리로 돌아와 앉은 변빈이 서랍에서 무언가를 꺼내 들었다. 그것은 변상벽에게 받았던 밀서였다. 겉으로는 호기심이 동해 따라나선 것처럼 가장했지만, 사실은 염려 때문이었다. 밀서를 펼쳐보지 않았다는 말도 거짓이었다. 수정전 터의 돌계단 앞에서 결국 궁금함을 참지 못하고 내용을 읽었다. 일개 포교가 궐내의 일에 관여한다는 것 자체가 문제적이었다. 게다가 밀서라니! 심지어 효잣골 까마귀라니! 아무래도 변상벽이 실종된 유기아들을 찾아다닌다는 쪼깐이의 말은 진짜가 아닌 듯싶었다. 변빈은 변상벽이 위험해질 수도 있다는 생각에 차마 밀서를 돌계단 틈에 넣어 놓고 올 수가 없었다.

"이놈아…. 도대체 무얼 하고 있는 게냐."

상념에 빠져 있던 변빈은, 문득 책상 위에 못 보던 쪽지가 하나 놓여 있는 것을 보았다.

[← 오른편을 보시오.]

무심코 화살표를 따라 돌아보았다. 그곳엔 아무도 없었다.

"오른편 왼편도 모르는가?"

아뿔싸! 반대편에서 목소리가 들렸다. 동시에 변빈의 머리에 검은 천이 씌워졌다.

천을 뒤집어쓴 채로 손발까지 묶인 변빈이 어둑한 창고로 옮겨졌다. 잠시 후, 누군가가 다그치는 목소리가 들렸다.

"봉상시의 관리, 변빈이라!"
"누, 누구시오?"
"평생 익힌 것이라곤 글 읽는 재주밖에 없었을 텐데, 누구의 사주를 받고 이런 밀서를 쓴 것이냐? 목숨이 아깝지 않으냐?!"
"사, 사주받은 바 없소. 나 혼자 벌인 일이요! 내가 했소."
"혼자 한 짓이다? 어찌 그랬느냐? 바른대로 말해라."
"그저, 재미로…."
"재미? 안 되겠구나. 사지를 분질러도 같은 말이 나오나 보자!"

그러더니 누군가가 갑자기 변빈의 머리에 씌웠던 검은 천을 벗겨 버렸다. 눈앞에 드러난 자들의 정체에, 변빈의 입이 떡 벌어졌다.

*

감옥을 지키는 나장들이 의금부 금부옥 안으로 서창집을 안내했다. 가장 안쪽에 위치한 독방에, 허지완이 눈을 감고 꼿꼿이 앉아 있었다. 나장을 물린 서창집이 허지완과 단둘이 마주 앉았다.

허지완이 눈을 감은 채로 말했다.

"귀가 보배라더니, 옥 안에 있어도 소식은 전해지더군."
"무슨 소식 말이오?"
"죽은… 말똥이 나왔다고."
"…."

허지완이 눈을 뜨고 서창집을 매섭게 노려보았다.

"그렇게까지 해서 정당한 양위를 거스르려 해 봤자, 네놈 생각처럼 호락호락하진 않을 것이다."

서창집이 연거푸 마른세수를 했다.

"물읍시다. 우리 영부사께서는 이 나라의 근간이 무엇이라 생각하시오?"

허지완이 대답을 않고 노려보고만 있자, 서창집

이 자문자답을 했다.

"자고로 튼튼한 뿌리에서 곧은 나무가 자라는 법! 천한 피가 섞인 임금을 어찌 본단 말이오? 나는! 그저 왕실이 바로 서길 원하는 것뿐이오."

"말은 똑바로 하거라."

허지완이 앉은 채로 하나뿐인 다리를 끌고 다가왔다. 그러고는 창살 밖 서창집의 귀에 대고, 어느 때보다 침착하게 또박또박 말했다.

"두려운 것이 아니더냐? 너희들 손에 어미를 잃은 자가 왕이 되는 것이."

서창집의 얼굴이 어느새 울그락불그락해졌다.

분명 모든 것이 빈틈없이 진행되고 있었다. 세자의 후사와 금손이 관련이 있다는 흉문을 궐내에 퍼뜨리고, 이에 대한 소론의 서신을 확보하는 데 이르기까지. 계획한 대로 납치된 금손의 사체가 허지완의 집 마당에서 나오기만 했다면, 그야말로 화룡점정. 소론을 숙청하고 세자를 교체할 수 있는 완벽한 묘책이었을 것이다. 허나 이 모든 일은 효잣골 까마귀, 그 늙은이들이 금손을 놓쳐 버리면서부터 헛짓이 되어 버렸다. 고양이 한 마리 때문에 이 지경이라니, 나는 새도 떨어뜨린다는 사헌부의 권세마저 통하지 않았다. 고래 그물로 새우 못 잡는 꼴이었다. 서창집은 처음부터 고양이란 동물을 싫어했다. 위아래도 모르고 제멋대로 굴기만 하는, 쥐 새끼나 잡으면 다행인 형편없는 짐승에 불과했다. 몇 해 전 선왕의 능에서 독사를 풀어 세자를 죽이려 했을 때에도 그놈의 고양이가 방해를 했었는데, 이번에도 그놈이 문제였다.

임금의 명으로만 움직이는 의금부 동원에 대한 승낙까지 받아 가며 소론의 대신들을 잡아들였지만, 임금의 신임은 거기까지였다. 확실한 증좌 없이는 더 가두어 둘 수가 없었다. 자칫하면 임금의 분노가 자신들에게 향할 수도 있다는 것을, 서창집뿐만이 아니라 노론의 다른 대신들도 알고 있었다.

"허지완, 그 늙은이가 이빨은 빠졌지만 그래도 호랑일세. 무고로 풀려난다면, 우리가 위험해질 수도 있네."
"맞네. 양위를 막을 수 없다면, 지금이라도 세자 편에 서는 것은 어떤가."

대신들의 근심을 듣던 서창집이 이마를 구긴 채 자리에서 일어났다. 그러곤 호위가 차고 있던 칼을 뽑아 들더니, 자신이 앉았던 의자를 사정없이 두 동강 내었다. 대신들이 기겁을 하며 몸을 움츠렸다.

서창집이 좌중을 천천히 둘러보았다.

"어릴 적 제 어미를 죽인 자들이 이제 와 편을 든다고 합니다. 여러분은 그자들을 살려 두시겠소? 응? 이미 이야기 다 한 것 아니었소? 희빈 장씨를 사사할 때부터 말이오."

모두가 조용히 고개를 끄덕였다. 그중 하나가 물었다.

"그럼 뭘 어찌하면 좋겠소? 그 고양이 말고는 임금을 흔들 만한 것이…."

서창집이 말했다.

"구할 수 없다면, 만들기라도 해야지."

서창집의 신호에 두 사람이 뒷마당에서 나타났다.

한 명은 금손의 실종 이후 겨우 목숨만 건지고 파직된 금손의 담당 궁인이었고, 그 곁에는 지저분한 옷차림의 사내가 나란히 서 있었다. 칼자국이 난 얼굴, 노름장의 주인 오봉이었다.

서창집이 명을 내렸다.

"도성 안팎을 이 잡듯 뒤져서라도, 임금의 고양이와 똑 닮은 고양이 사체를 만들어 와야 할 것이야."

서창집은 계획을 조금 바꾸었다. 사라진 금손을 찾을 수 없다면 그와 흡사하게 생긴 고양이를 찾아 죽인 뒤, 사체를 짓이겨 금손처럼 보이게끔 꾸미기로 한 것이었다. 계획이 요란하니 의심을 피하기 위해, 결탁 관계에 있던 무뢰배에게 이번 일을 맡길 요량이었다.

오봉이 고개를 숙인 채 대답했다.

"여부가 있겠습니까? 다만 도성 안에는 소인을 잡겠다고 벼르는 군관들이 많아, 말씀대로 행하는 데 곤란을 겪을까 걱정이 됩니다요."
"… 원하는 바를 말해 보거라."

오봉이 눈을 흘기며 말했다.

"거리의 지저분한 것들을 청소할 권한을 주십사. 헤헤."

*

밀서에 적어 두었던 약속 시간은 이미 한참이나 지나 있었다. 해 질 녘까지 팽나무만 바라보던 변상벽이 그제야 자리에서 일어났다. 변빈이 챙겨 왔던 간식이 보였다. 주먹밥과 마실 거리였다. 사이좋게 나눠 먹기 위해서 사 가지고 왔다가 쫓겨나는 바람에 내밀어 볼 겨를도 없었던 것이다.

변상벽이 못 이기는 척 며칠 만에 집으로 향했다. 그래도 변 대감과는 마주치고 싶지 않았기에 조용히 행랑으로 들어가 쪼깐이를 불렀다.

"쪼깐아. 쪼깐아."

청소 중이던 쪼깐이가 쪼르르 달려 나와 변상벽을 반겼다.

"나으리!"

"쉿! 잠깐 들른 것이다. 변빈 나리는 어디 있느냐?"
"아직 안 돌아오셨는데요."
"아직?"
"네. 그러고 보니… 벌써 들어오실 시간이 지나긴 했는데."

평소였다면 그런가 보다 했을 테지만, 하필 밀서의 전달을 맡겼던 일이 떠올라 불안한 마음이 먼저 들었다.

그때 대문 앞에서 누군가 변상벽을 찾는 소리가 들렸다.

"변 포교 나으리! 포교 나으리!"

빈민촌 사람들이었다. 얼굴이 깨져 피가 흐르고 있었다.

"무슨 일들이냐? 아니, 피가 왜…."
"웬 놈들이, 닥치는 대로 부수고, 아이들과 고양이들을 데려가고 있습니다요."
"뭣이? 왜? 누가 말이냐?"

부랑자 소탕이라는 완장을 찬 오봉의 무뢰배가 도성 곳곳에 나타났다. 특별한 권한이라도 받은 것인지 좌포청 앞을 지나며 포졸들을 조롱했지만, 누구도 막지 못했다. 빈민촌에도 무뢰배가 들이닥쳤다. 오봉의 무리는 도둑고양이와 걸인들을 깨끗이 청소한다는 핑계로 눈에 보이는 고양이와 아이들을 포획하듯 잡아갔다.

오봉의 노름장에서 노름에 빠진 양민들은 처음엔 배급받은 곡식을 팔고, 가구와 식기를 팔고, 진 빚을 갚기 위해 닭과 소, 논과 밭, 집문서를 팔고, 그 끝에는 아이들까지 팔았다. 팔린 아이들은 산길이나 뱃길로 국경을 넘어 청으로든 왜로든 팔려 나갔다. 팔린 아이들뿐만이 아니었다. 거리에 넘쳐 나는 유기아들도 이 무뢰배의 돈벌이 수단이었다. 이제는 벼슬 있는 분들이 대놓고 도움을 주어 몰래 납치할 필요가 없으니, 이만한 장사가 또 없었다.

"에헤이, 다치지 않게 해라. 값 떨어진다."

빈민촌의 어른들이 막으려 애를 써 봤지만, 거친 몽둥이질 앞에서는 꼼짝을 하지 못했다.

"놓지 못할까! 야! 이놈들아!"

소식을 들을 묘마마가 다급히 현장에 도착했다. 다른 빈민촌의 어른들과 힘을 합쳐 오봉의 무리에 맞서 보기도 했지만, 내쳐지기만 할 뿐 당해 낼 수가 없었다. 묘마마가 인근의 구경꾼들에게 도움을 청했다. 허나 누구 하나 선뜻 나서는 이가 없었다. 도리어, 무뢰배를 두둔하기까지 했다.

"거, 그냥 냅두시오."
"뭐라구요?"
"지저분한 도둑고양이들도 치워 주고, 도둑년놈

들 데려다 제구실하게 해 주는 것이 아니오?”

고양이들은 자루에 마구잡이로 담겼다. 어차피 사체만 있으면 되니 사정을 볼 필요는 없었다. 곳곳에서 잡혀 자루에 담긴 고양이들을 살피던 오봉이 흡족한 미소를 지었다.

변상벽과 쪼깐이가 한발 늦게 빈민촌을 찾았을 때, 그곳은 이미 형체를 알 수 없을 만큼 부서져 있었다.

“나리, 저, 저희 좀 도와주십시오!”

지난번에 노부부를 찾는 데 도움을 주었던 걸인이 다리를 절뚝이며 변상벽에게 매달려 왔다.

“이게 어찌 된 일인가? 아이들과 고양이를 잡아 갔다는 무뢰배는 누구고?”

“모르겠습니다요. 무슨 날벼락인지….”

“포청에서는? 나와 보지 않은 겐가?”

“안 그래도 몸 성한 이들과 묘마마가 좌포청으로 항의를 하러 갔습니다요.”

“좌포청에? 항의를?”

좌포청 대문 앞은 빈민촌 사람들로 인해 이미 소란스러웠다. 사람들이 마구잡이로 잡혀가는 상황을 왜 구경만 했느냐고 항의하며 구출해 달라고 요청하는 것이었다. 대문의 경비를 맡고 있던 적은 수의 포졸들이 당파를 겨누며 겨우 맞서는 중이었다. 당황한 이 포교가 호통을 쳤다.

“하, 한 걸음만 더 오면 싹 다 추포해 버리겠다!”

하지만 가족과 친구들이 끌려가는 것을 눈앞에서 본 빈민촌 사람들의 분노는 쉽게 가라앉지 않았다. 농기구로 무장한 몇몇 빈민촌 사람들은, 횃불까지 가져다 들었다.

“있으나 마나 한 포청, 오늘 싹 다 불태웁시다!”

충돌 직전에 변상벽이 나타났다.

“그만! 그만들 하시오. 둘 다, 워, 워.”

급히 달려온 변상벽이, 당장이라도 공격을 지시하려던 이 포교를 진정시키며 말했다.

“잠시만 기다리게! 내 설득해 보겠네. 저들을 다 어찌 상대하겠나. 응? 잠시만.”

그러곤 흥분한 빈민촌 사람들을 마주 보았다.

“자, 자! 이보게들. 이런다고 문제가 해결되지는 않소. 더 악화만 될 뿐이야.”

변상벽이 이렇듯 양쪽을 오가며 중재에 나서 보았지만, 특별한 근거 없이 무작정 기다리고 진정하라고만 하니, 서로의 언행은 점점 더 격렬해지기만 했다.

빈민촌 사람 중 누군가가 외쳤다.

“그럼 어쩌란 말입니까? 아무리 빌어먹는 놈들이

라지만 이유도 없이 잡혀가고, 살 곳을 잃어도 된답니까?"

"안 되지, 암! 그러니까, 내 윗분들과 말해 볼 터이니, 나를 믿고 기다려 보시오."

참다못한 묘마마가 변상벽에게 따지고 들었다.

"당신은 빠지시오!"

"뭐라?"

"입만 열면 거짓부렁인 자를 어찌 믿으란 말이오? 사라진 아이들을 찾아봐 주겠다 한 것도! 포교라는 것도 다 거짓이라고 들었소."

빈민촌 사람들이 수군거렸다.

"아니, 그건…."

"애초에 임금의 고양이 찾아서 출세나 하려는 서얼 나부랭이인 것을! 왜? 내 말이 틀렸소?!"

변상벽은 대꾸할 말을 찾지 못했다. 주변을 에둘러 선 포도청 경비들도, 빈민촌 사람들도 환멸의 시선을 보낼 뿐이었다. 각각 다시 횃불에 불을 붙였고, 다시 손에 당파를 쥐었다. 변상벽도 더 이상은 막아낼 방도가 없었다. 그때였다. 단단한 방패와 갑옷으로 무장한 포졸들이 우르르 나와 빈민촌 사람들을 포위하고 섰다.

"종사관 나리 납시오."

포졸들을 가르며 굳은 표정의 종사관이 모습을

드러냈다.

관사 안쪽의 방에 자리가 마련되었다. 빈민촌 대표 몇과 묘마마, 그리고 변상벽이 종사관과 한곳에 앉았다.

종사관이 자초지종을 설명하였다.

"자네들 사정은 딱하나… 좌포청의 입장은 똑같네."
"나리!"
"상부의 지시야. 좌포청은 이 일에 관여할 수 없다. 또한 자네들끼리 위험한 일에 개입하도록 둘 수도 없네."

곳곳에서 한숨과 한탄의 소리가 터져 나왔다.

"단!"

종사관이 모두를 둘러보며 천천히 말을 이었다.

"수사 경험은 있으나 현재 포청 소속이 아닌 자…. 이를테면 정직 중인 자가 있다면, 그가 움직이는 것을 우리가 먼저 막을 도리는 없지."

모두의 시선이 변상벽에게 모였다.

"게다가 좌포청의 전 인원은 지금부터 대문 밖의 빈민들을 진정시키러 밖으로 나갈 테니, 포청 안에는 아무도 없을 것이기 때문에…."

종사관이 말을 하는 도중에 턱짓으로 무언가를 가리켰다. 문서들을 넣어 두는 문갑 앞에 종이 한 장이 보란 듯 떨어져 있었다.

"행여 우연히! 누군가 무뢰배의 위치가 담긴 문서를 발견해 가져간다고 하더라도, 나를 비롯한 포청 구성원들은 알 도리가 없다는 것 정도를, 내 말해 줄 수가 있네."

"종사관 나으리…."

"먼저 일어나겠네."

종사관이 포청 건물 내 모든 군관들을 이끌고 문밖으로 나갔다. 말한 대로였다. 그 틈을 타 묘마마가 가장 먼저 문서를 집어 들었다. 펼쳐 보니 지도에 오봉의 무리가 사용하는 본거지 위치가 표시되어 있었다.

"이리 주시오. 내가 가겠소."

변상벽이 손을 뻗었지만, 묘마마가 지도를 등 뒤로 감췄다.

"어찌 믿고?"

"아니, 종사관 나리 말 못 들었소? 정직 중인 자가 나요, 나. 내가 가서 찾아보리다."

"… 같이 가야겠습니다."

"자네에겐 너무 위험하대두!"

묘마마가 버럭 따져 물었다.

"위험하기로 치면! 지난번에는 덜했습니까?! 그리고! 제가 목숨 구해 드린 것 잊었습니까?"

"… 아까 자네가 한 말이 맞네. 임금의 고양이 찾아서 출세할 생각이었어. 포교가 아니었던 것도 맞고, 약조를 못 지킨 것도."

"…."

"하지만 지금은 아니야. 그러니, 이번에는 나 혼자 가야겠네."

묘마마가 잠시 아무 말 없이 있다가, 지도를 자신의 저고리 안에 넣어 버렸다.

"저를 살아 움직이는 지도라 생각하시지요."

"뭐라? 저, 저!"

묘마마가 먼저 쪽문을 통해 뒤뜰로 나섰다. 변상벽도 하는 수 없이 그 뒤를 따랐다. 변상벽과 묘마마가 대문 쪽을 바라보니, 빈민촌 사람들과 포도청 군관들이 아직 대치 중에 있었다. 변상벽이 들키지 않고 담을 넘을 궁리를 하고 있는데, 묘마마가 손짓으로 변상벽을 불렀다. 그곳은 마구간이 있는 곳이었다.

눈이 동그래진 변상벽에게 묘마마가 말했다.

"이왕 훔칠 거."

잠시 후, 포청 안 마구간에서 변상벽과 묘마마가 말을 타고 나왔다. 둘은 대치 중이던 사람들을 제치고 단숨에 달려 나갔다.

"이런!"

포졸들을 이끌던 이 포교가 변상벽을 따라가기 위해 마구간으로 향하는데, 지켜보던 종사관이 다급하게 외쳤다.

"이 포교!"

"예!"

"할머니의 어머니는 두 분이다. 할머니의 시어머니와 친정어머니이다. 할머니의 시어머니는 아버지의 할머니라 증조모라 부른다. 그렇다면 아버지의 외할머니이자 할머니의 친정어머니는 무어라 부를까?"[7]

"에, 예?"

"다시 말해 줄 테니, 잘 들어 보게. 할머니의 어머니는 두 분이다. 할머니의 시어머니…"

종사관이 뜬금없는 수수께끼로 포교들이 쫓지 못하도록 시간을 끄는 동안, 변상벽과 묘마마가 한참이나 멀어져 갔다. 쪼깐이가 그 둘을 따라 뛰며 데려가 달라고 소리를 질러 댔다.

7 정답은 '진외증조모'.

호랑이도 제 말 하면 온다

시체가 나가는 문이라 하여 시구문(屍口門)이라고도 불리었던 광희문 밖은, 보이는 곳마다 공동묘지라 해도 과언이 아니었다. 오봉의 무리가 납치한 아이들을 데려간 곳은 그 묘지들 너머의 버려진 사찰 건물이었다. 그로부터 멀찌감치 떨어진 곳에 말을 매어 둔 변상벽과 묘마마, 그리고 쪼깐이가 어둠을 틈타 무너진 건물 그림자 사이로 조용히 침입했다.

"저기 있다."

작은 틈새로 사찰 안을 들여다보던 변상벽이 속삭였다. 안에는 잡혀 온 듯한 아이들과 꿀묘들이 함께 갇혀 있었다. 모여 있는 아이들 중에는 일찍이 실종되었던 유기아들, 제 부모가 팔아 버린 아이들도 있었다. 모두 한자리에 모이니 수십 명은 되어 보였다.

아이들을 확인하던 묘마마가 이를 갈았다.

"일전에 실종된 아이들도 있어요. 이제껏 저놈들이…."

칼을 찬 자들이 삼삼오오 모여 입구를 지키고 서 있었다. 변상벽이 그들을 자세히 살폈다. 어쩐지 낯설지 않은 얼굴들, 노름장의 무뢰배였다.

쪼깐이가 어디서 났는지, 나무 몽둥이를 손에 들고 물었다.

"나리, 이제 어떡하죠?"

변상벽도 그게 궁금했다.

그때 호탕한 웃음소리와 함께 입구 반대편에서 우두머리가 모습을 드러냈다. 역시나 오봉이었다. 오봉의 곁에서는 전 금손 담당 궁인이 무뢰배의 호위를 받는 중이었다.

오봉이 잡아 온 꿀묘들을 가리키며 말했다.

"보시죠! 도성 주변의 꿀묘란 꿀묘는 다 여기 있을 겁니다! 마음껏 한번 찾아보시지요!"

궁인이 꿀묘와 함께 잡혀 있는 빈민촌 아이들의 차림새를 보며 인상을 구겼다.

"아휴, 저것들은 뭐요?"
"헤헤. 저기는 신경 쓰지 마시오. 부업이니, 부업."
"별놈의 부업이 다 있군."

궁인이 꿀묘들에게 다가가 그 모습을 하나하나

살폈다.

“이놈은 길이가 다르고, 여기 놈은 무늬가 다르고, 저놈은 코가 다르고….”

그러다 마침내 궁인의 발걸음이 멈추었다. 바로 똘이의 앞에서였다. 궁인이 손짓을 하니 무뢰배 하나가 똘이를 들고나와 자세히 보여 주었다.

“금손이와 덩치도 비슷하고, 무늬도 가장 흡사하고…. 꼬리와 뒷다리 길이가 다르긴 한데, 조금 베고 자르면 임금도 알아보진 못하실 거요. 이놈으로 합시다.”

오봉이 흡족한 미소를 지었다.

“그럼 이놈만 죽이면 될까요? 다른 고양이들은 어찌할까요?”

“대사헌께서는 남김없이 모조리 죽이라고 명하셨소.”

궁인과 오봉의 대화를 듣던 빈민촌 아이들과 변상벽 일행 모두가 기겁을 했다. 오봉이 고개를 끄덕이며 신호를 내리자, 무뢰한 몇이 칼을 뽑아 들었다. 그들은 똘이부터 죽이기 위해 거침없이 다가갔다.

“안 돼!”

말생이었다. 아이들 가운데에서 뛰쳐나온 말생이가 오봉의 부하에게서 똘이를 낚아채 갔다.

"똘이 죽이지 마! 하지 마!"

오봉이 똘이를 빼앗긴 부하의 머리통을 후려쳤다.

"정신을 어디다 두는 거냐?"
"죄송합니다."
"비켜. 아무튼 내가 직접 안 하면 될 일도 안 된다니깐."

오봉이 부하의 칼을 받아 들고 똘이와 말생에게로 향했다. 그리고 단칼에 베어 버리려는 순간,

어디선가 개 짖는 소리가 들렸다.

"왈! 왈왈! 왈왈왈!"

오봉이 멈칫하며 귀를 기울였다.

"이 개 소리는…."

분명 급습을 알릴 때, 변상벽이 내는 개 소리였다. 칼을 거둔 오봉이 술렁이는 부하들에게 조용히 하라고 명했다.

아니나 다를까! 변상벽이 헐레벌떡 나타나 외쳤다.

"당장 피하게! 좌포청, 우포청, 또 뭐냐…. 의금부! 암튼 죄다 몰려오고 있어!"
"뭣이? 어떻게?"
"모르지, 빨리! 빨리 피하게!"

당황한 오봉이 부하들에게 수신호를 내려 도망칠

준비를 하도록 일렀다. 어리둥절해진 궁인도 함께 몸을 숨겼다. 급한 대로 똘이만이라도 데려가려 하던 오봉이 문득 무언가를 떠올렸다.

잡혀 왔던 빈민촌 아이들이 했던 말이었다.

"우리 포교 나으리가 구하러 올 거예요!"

그땐 비웃었지만, 지금 생각하니 수상했다. 게다가 변상벽이 포교 자리에서 잘렸다는 이야기를 들었던 것도 같고.

오봉이 하던 일을 멈추고 변상벽에게 물었다.

"변 형! 그런데 여긴 어찌 알고 왔는가?"
"뭐? 나야 당연히 포청에서 듣고."
"포교직에서 잘렸다는 얘기가 돌던데…."
"그건, 아니 이봐, 지금 이럴 시간이…!"

오봉이 자신의 칼을 뽑아 들더니 변상벽에게 건넸다. 그러곤 턱짓으로 말생과 똘이를 가리켰다.

"보여 봐."

직접 베어서 같은 편임을 증명해 보라는 얘기. 변상벽이 무어라 대꾸하려다 말았다. 오봉의 곁에 칼을 찬 무뢰한 둘이 다가와 섰기 때문이었다. 변상벽이 말생과 똘이의 앞에 섰다. 오봉의 부하들이 칼을 빼 들고 한 걸음 다가오며 위협했다. 당장에 베지 않으면 베일 처지였다. 칼자루를 쥔 변상벽의 손에 힘이 들어갔다. 숨어서 지켜보던 묘마마와 쪼깐이의 눈이 휘둥그레졌다.

"설마…."

변상벽이 칼을 높이 쳐들었다. 말생과 똘이가 몸을 잔뜩 웅크렸다.

"안 돼!"

묘마마가 뛰어나오며 외치자, 잠깐 동안 모두의 시선이 그리로 향했다. 그 순간 변상벽이 칼의 방향을 빙글 돌려 오봉을 겨누었다. 하지만 회심의 일격은 오봉의 부하에 의해 쉽게 가로막혔다. 이어진 오봉의 발길질에 변상벽이 바닥을 굴렀다. 그사이 묘마마와 쪼깐이는 오봉의 부하들에게 사로잡혔다. 오봉이 변상벽의 앞에서 히죽거렸다.

"캬~ 누가 비리 포교 아니랄까 봐. 여 붙었다 저 붙었다, 하다 하다 빈민촌 놈들에게 붙은 게냐?"

변상벽이 붙잡힌 묘마마와 쪼깐이를 가리키며 말했다.

"저, 저들은 놔주시오! 상관없지 않소."

오봉이 고개를 끄덕였다.

"하긴 변 형이 그간 애써 준 것도 있고 하니…."

오봉은 말은 그렇게 하면서, 손가락으로 목을 긋

는 시늉을 했다. 그러자 묘마마와 쪼깐이를 붙잡고 있던 부하들이 칼을 뽑아 들었다.

"저승길 동무는 만들어 줘야지."

변상벽이 외쳤다.

"안 돼!"

오봉의 부하들이 묘마마와 쪼깐이를 내리치려던 순간! 어디선가 날아든 화살에 맞은 부하들이 주저앉았다. 거의 동시에 또 다른 화살 하나가 오봉의 뺨을 스친 뒤, 말생을 붙잡고 있던 부하를 쓰러뜨렸다. 변상벽이 화살이 날아온 방향을 바라보니, 보라색 무복을 입은 무사들이 활을 들고 있었다. 그중에는 묘사모에서 보았던 남장 무사도 있었다.

"이야아!"

곳곳에서 보라색 무복의 무사들이 함성을 치며 나타났다. 그뿐만이 아니었다.

"모두 꼼짝 말고 순순히 오라를 받거라!"

익숙한 얼굴들, 좌포청의 종사관과 이 포교, 포졸들도 사방에서 쏟아져 나왔다. 자신이 거짓으로 둘러댔던 일이 진짜로 일어나자, 변상벽은 넋이 빠졌다. 놀라 자빠진 오봉과 곳곳의 무뢰배는 겨룰 생각은 해 보지도 못하고 단숨에 제압되었다. 숨어 있던 금손의 담당 궁인까지 모두 끌려 나왔다. 대단한 위세였다.

변상벽이 자신에게 다가온 종사관의 볼을 꾹 눌러 보았다.

“무엇 하는 게냐?”

“실화인가 해서.”

그러자 종사관이 변상벽의 머리를 쥐어박았다.

“이놈아! 이건 어떠냐?”

“아, 아픕니다. 어찌 된 겁니까요? 상부의 지시 때문에 관여할 수 없다고 하셨잖습니까.”

종사관이 눈으로 무사들 너머를 가리키며 말했다.

“상부보다 더 더 상부의 분이 찾아오셨다.”

변상벽이 보라색 무복을 입은 자들을 쳐다보았다. 임금의 호위인 내금위의 무복은 붉은색, 사헌부 감찰은 검은색, 그럼 보라색은?

아차!

“세자익위사?”

익위사가 호위하는, 더 더 높으신 그분이 연신 콧물을 훌쩍이며 모습을 드러냈다.

“에… 엣취!”

세자였다.

세자는 처음부터 금손이 좋았다. 충실하고 붙임성 있는 개보다는, 살짝 만지는 것조차 쉽게 허락하지 않는 고고하고 귀여운 고양이의 매력에 더 끌렸다. 하지만 세자의 문제는 금손의 근처에만 가면 기침, 콧물, 홍반 등 알 수 없는 증상이 계속되어 만져 보기는커녕 가까이 갈 수조차 없다는 것이었다. 세자는 커 가는 금손을 멀리서 바라보며 때때로 궁인들에게 금손의 안부를 묻는 것으로 만족해야 했다.

"오늘 금손은 어떠한가?"
"여전히 귀엽습니다요."

게다가 자신에게는 냉정하기만 한 임금이 금손과는 허물없이 지내는 모습을 보면, 자신도 함께하고 싶다는 아쉬움을 감추기가 어려웠다. 금손과 잘 지내 보고 싶다는 일념으로 어의에게 부탁해 좋다는 탕약들도 먹어 보고, 침과 뜸을 비롯한 온갖 방법을 동원해 보았지만, 도통 차도가 없었다. 답답했던 세자는 궐 밖에서 해답을 찾기로 마음먹었다.

고양이에 대해서라면 모르는 것이 없다는 여인들의 모임인 묘사모에 대해 알게 된 세자는, 익위사 좌익찬 신분의 여인을 모임에 보내 자신의 증세를 파악하도록 했다. 세자를 알현하게 된 묘사모의 여인들은 어의도 정확히 짚어 내지 못한 세자의 병증을 단번에 알아보았다.

"묘비구로 사료되옵니다, 저하."

"묘비구? 그래, 그것이 무엇이냐? 고칠 수는 있는 것이냐?"

"예. 고양이의 침이 일으키는 비구이옵니다. 고양이는 본디 깨끗한 동물이라 자주 제 털을 핥는데, 그렇게 침이 묻은 털이 사람에게 닿을 때 기질에 따라 비구 증상이 나타납니다. 저희들 중에서도 환자가 있어 알고 있사옵니다. 본래 개박하는 말려 쓰면 고양이의 기운을 돋우는 풀이온데, 이로 차를 달여 마시면 묘비구가 완화될 수 있습니다. 약효는 청나라의 것이 더 강하니 청나라산 개박하로 차를 우려 마신다면 분명 차도가 있을 것이옵니다."

"그 정도의 병이라면 왜 어의가 진단하지 못한 것이냐?"

"저희도 그것까지는 잘…."

세자에 대한 처방은 철저히 비밀에 부쳐졌다. 묘사모가 밀매상을 통해 청나라산 개박하를 들여왔고, 그들이 만든 개박하차를 장기간 복용한 세자는 기침과 콧물, 홍반, 가려움 등의 증상들이 조금씩 완화되는 것을 실감했다. 또한 이 일로 묘사모와 인연을 맺은 세자는 때때로 잠행하여 모임의 든든한 뒷배가 되었다. 언젠가 금손과 접촉할 날을 고대하며 고양이 장난감까지 잔뜩 사들여 놓을 정도였다.

병환이 눈에 띄게 나아진 어느 날이었다. 진료를 마친 어의가 여전히 형식적인 대답만을 내놓자 세자가 물었다.

"그래. 내 병은 여전히 차도가 없단 말인가?"

"아뢰옵기 황송하오나, 고양이를 멀리하시는 것이 유일한 방법이옵니다."

"흐음. 그게 자네의 진단이란 말이지."

세자가 신호를 내리자, 호위를 서던 좌익찬이 방문을 닫았다. 어의는 평소와 다른 분위기를 느꼈는지 엎드린 채 눈만 좌우로 굴렸다.

"내 하나 물어도 되겠는가?"

"예, 저하."

"내게도 귀가 있어 궐내의 추담을 피하기 어렵다네. 나의 이런 기질(奇疾)이 후사와 연관이 있다고들 하던데. 자네는 어떻게 생각하는가?"

"망극하오나 그것에 대해서는 소인이 감히…."

"말해 보거라."

"그것은 단지, 저하의 기질이 천고에 보기 드문지라…."

"천고에 보기 드물다? 묘비구가?"

"예… 예?"

어의가 자신도 모르게 고개를 들고 세자를 쳐다보았다.

"이 나라 최고의 의원이라는 자가 어찌 묘비구를 천고에 드문 기질이라 칭하는가? 정말 아는 바가 없는가?"

"저하, 그… 그것은."

어의의 팔다리가 진작부터 떨리고 있었다.

"아니면 왕가의 옥체를 보필하는 어의라는 자가 감히 거짓된 진단으로 왕실을 모독해 온 것인가?"

"주, 죽여 주시옵소서! 겁이 나 시키는 대로 하였을 뿐입니다."

세자가 자리에서 벌떡 일어났다.

"그간 조롱당한 것을 생각하면 당장에 목을 쳐도 모자랄 것이다! 단, 누구에게 사주를 받았는지 지금이라도 고한다면 목숨만은 살려 주겠다. 두 번은 묻지 않을 것이야!"

늘 침착하던 세자가 불같이 화를 내자, 어의가 떨리는 목소리로 대답했다.

"대, 대사헌… 서창집이옵니다."

이후 세자가 알아낸 사실은 짐작한 것보다 더 충격적이었다.

애초에 금손과 세자의 후사에 관한 흉문을 퍼뜨린 것부터가 서창집과 노론 일당의 짓이었다. 그들의 계획은 소론이 금손을 반대하도록 만든 뒤, 몰래 금손을 죽여 소론의 짓처럼 꾸미고자 하는 것이었다. 하지만 확실한 증거를 찾지 못한 이상 이러한 정보는 말 그대로 정보일 뿐이었고, 무엇보다 권내 실세이자 임금의 신임을 받는 서창집을 막을 만한 힘이 세자에게는 없었다. 이에 좌익찬에게 몰래 지시를 내려, 노부부 자객이 금손이를 납치하는 일만은 어떻게든 막아 보고자 했던 것이었다.

그 후 세자 일행이 변상벽의 존재를 알고 추적할 수 있게 된 것은 변빈 덕분이었다. 서창집 일당이 괘씸하게도 수정전 옛터에서 밀서를 주고받는다는 것을 알게 된 세자는 수하들에게 그곳을 늘 주목하라고 일렀다. 그러던 중 갑자기 봉상시의 관리 변빈이 나타나 서성거리니 수상하지 않을 수가 없었다.

앞서 검은 천이 씌워진 채로 잡혀갔던 변빈은, 자신의 눈앞에 세자가 나타나자 손발이 묶인 자세임에도 그 자리에 납작 엎드렸다.

"헉! 저, 저하!"

혼자 벌인 일이라며 발뺌하던 변빈은 세자에게 모든 것을 털어놓았다. 포교 변상벽이 벌이고 있는 단독 수사에 대해서였다. 자세한 내용을 듣기 위해 좌포청 종사관을 만난 세자와 익위사는 무뢰배가 도성 내외에서 고양이들을 잡아가고 있다는 사실을 알게 되었고, 세자는 이번이 서창집의 계획을 무너뜨릴 마지막 기회라는 생각에 직접 익위사들과 함께 나선 것이었다.

좌포청의 참여는 종사관이 스스로 결정한 바였다. 포교와 포졸들 중에 지원자를 차출하려 했지만, 변상벽이 관여되어 있다는 말에 모두가 못 미더워하며 나서질 않았다.

그때 누군가 손을 들었다.

"변상벽 그자가 지금껏 어물전의 꼴뚜기 신세였다지만…."

이 포교였다.

"꼴뚜기에게도 제철은 있지 않겠소?"

그러자 변상벽의 옛 동료들이 하나둘씩 손을 들고 나섰다.

잡혀 있던 유기아와 고양이들이 모두 안전하게 구출되었다. 포박된 무리 사이에서 세자 앞으로 끌려온 금손 담당 궁인이 납작 엎드렸다.

"저, 저하. 목숨만 살려 주십시오. 저는 그저 대사헌이 시키는 대로 했을 뿐입니다요."

"의금부에 가서도 똑같이 진술하거라. 그럼 네 목숨만은, 훌쩍, 보전해 줄 것이다."

담당 궁인의 진술은 분명 중요하게 여겨질 터이지만, 결국 이 모든 사건은 산 금손이든 죽은 금손이

든, 금손이 나타나야만 끝을 맺을 수 있을 것이었다.

세자가 변상벽에게 물었다.

"금손의 행방에 대해서는, 에, 에취! 어떤가? 훌쩍, 효잣골 까마귀를 만나 알아낸 바가 있는가? 훌쩍."

"화, 황공하오나, 행방은 아직…."

세자는 말을 하면서도 계속해서 기침, 콧물, 홍반 증상을 보였다. 연달아 기침을 하던 세자가 구출된 수십 마리의 고양이들을 가리켰다.

"오기 전에 개박하차를 한 주전자 마시고 왔는데도… 아무래도 수십 마리는 많은 거 같긴 하네."

끊임없이 몸 곳곳을 긁적이던 세자의 손에는 작은 상처들이 가득했다. 기침과 콧물, 손의 상처들…. 어디선가 본 적이 있었다.

"이 상처들, 무얼 하시다 생긴 겁니까?"

변상벽이 자신도 모르게 세자의 손을 덥석 잡았다. 그러자 좌익찬이 검을 겨누고 다가왔다.

"감히!"

"됐다! 멈추어라."

세자가 급히 말리지 않았더라면, 변상벽의 손목은 남아나지 않았을 수도 있었다. 그럼에도 변상벽은 세자의 손에 난 작은 상처들에서 눈을 떼지 못했다. 마치 홀리기라도 한 듯이 그랬다. 세자가 변상벽의 질문에 대답했다.

"고양이들 발톱 때문일세. 안고 있다 보면 긁혀서…."

변상벽이 이전에 보았던 것을 떠올렸다.

효잣골 까마귀, 할멈과 할아범의 손이며 팔뚝에도 자잘한 상처들이 있었다. 상처뿐만이 아니었다.

"기침, 콧물, 홍반… 간지러움."

눈앞에 보이는 세자의 묘비구 증상은, 그날 변상벽이 목격했던 노부부 자객의 증상과 정확히 일치했다. 매듭에 대한 수수께끼 또한 실마리가 잡혔다. 도망쳐 나올 때부터 무언가 찜찜했었다. 평생 자객으로 살아온 자들이 매듭 하나 묶지 못할 리 없었다.

변상벽이 제 머리를 탁 하고 쳤다.

"왜 그걸 생각하지 못했을꼬."
"무엇을 말이냐?"

변상벽이 머릿속에 떠오른 생각들을 입 밖에 냈다.

"소인들을 일부러 풀어 준 겁니다. 고양이가 자신들에게 없다는 걸 가서 알리라고, 그리고 더 이상 쫓지 말라고…."

짧은 고민을 끝낸 변상벽이 말했다.

"알 것 같습니다. 금손이가 어디에 있는지."

효잣골 까마귀, 이 능구렁이 빰치는 노인네들 같으니라고! 분명 아직 금손이를 데리고 있는 것이었다.

*

변상벽과 일행이 광통교 인근의 서화사 거리로 향했다. 거리를 돌아다니며 노부부의 초가에서 보았던 그림과 비슷한 그림을 찾았다. 그리고 한 곳에서 노부부와 거래를 하는 서화사 주인을 만났다.

"아, 까치 부부 말입니까?"
"까치?"
"가명입니다. 그 노부부가 쓰는."

주인이 노부부의 그림들을 가져와 펼쳐 보였다. 험준한 바위들로 이루어진 산의 풍경 속에, 다소 어울리지 않는 묘소들이 함께 그려져 있었다. 그리고 구석에 작은 낙관이 찍혀 있었는데, 정말로 까마귀 아닌 까치였다. '안 어울려.' 변상벽과 쪼깐이가 같은 생각을 했다.

"뭐, 그림은 나쁘지 않으나, 늘 묘소를 함께 그리는 통에 영 팔리진 않습니다. 이게 제일 최근 그림이구요."

비슷한 풍경 속, 산중에 초가가 하나 그려져 있었

다. 그리고 초가의 대청마루에는 놀랍게도 고양이 한 마리가 앉아 있었다.

"고양이! 저, 저기 고양입니다요! 나리!"
"그렇구나! 대체 여기가 어디…."

변상벽과 쪼깐이가 그림을 뚫어져라 살피자, 주인이 대수롭지 않게 말했다.

"필운산(弼雲山)입니다."
"필운산? 어찌 아는가?"
"바위가 크고 험준한 것을 보면 알지요."
"그럼 필운산 어디쯤에서 그린 건지도 알겠는가?"
"필운산이 어디 뉘 집 뒤뜰이랍니까? 안 살 거면 도로 주시오."

주인이 그림들을 걷어 가자 변상벽이 물었다.

"이들의 그림이 더 있는가?"
"그럼요. 열댓 점 됩니다요."
"모두 사겠네."
"네? 모두 말입니까?"
"물론이지. 값은 저자가 낼 걸세."

변상벽이 곁에 서 있던 좌익찬을 가리켰다. 좌익찬이 소매에서 은전을 쏟아 냈다.

이른 아침부터 변상벽 일행과 익위사들이 그림을 나눠 들고 필운산에 올랐다. 서화사 주인의 말처럼 바위들로 가득한 필운산은 험준하고 또 컸다. 반나절을 샅샅이 뒤져 보아도 산은 산이요, 물은 물이라 다 비슷하게만 보였다. 게다가 조금만 깊이 들어가면 호랑이에게 잡아먹힌 이들의 묘인 호식총이 곳곳에 보이니, 해가 지기 전에는 산을 내려와야 했다. 호랑이에게 한 번 호되게 당한 적이 있어서일까, 변상벽이 호식총 주변을 유심히 살펴보았다.

별다른 성과 없이 수색을 마친 변상벽 일행이 익위사와 헤어져 산을 내려오는 중이었다. 앞서 내려가던 쪼깐이가 갑자기 멈춰 서서 땅바닥을 살폈다.

"무슨 일이냐?"
"나으리. 여기…."

쪼깐이가 발견한 것은 사람의 발자국이었다.

"전에 말씀해 주셨던, 쇠털 달린 신발의 발자국. 아닌가요?"

그랬다. 소리를 내지 않기 위해 쇠털을 단 신발의 흔적이었다. 발자국은 숲속에 난 길로 이어져 있었다. 흔적을 따라가니 오래지 않아 크고 작은 묘소가 몇 개 나타났다. 누군가 관리한 흔적이 있었다. 노부부의 그림 속에 등장했던 바로 그 묘소였다.

묘소를 등지고 눈앞에 펼쳐진 풍경을 바라보았다.

"오오!"

저도 모르게 감탄이 나왔다. 바위산 너머로 멀리

한양 도성의 모습이 내려다보여 그야말로 절경이었다. 변상벽이 노부부의 그림 중 유일하게 묘소가 아닌 초가가 그려진 최근 작품을 꺼내어 실제 풍경과 비교해 살폈다. 과연 저 멀리에 있었다.

그림 속에 담긴 것과 같이 작고 초라한 산중의 초가집이.

한편, 좌포청에 의해 붙잡힌 오봉의 무리는 교도소라 할 수 있는 전옥서로 이송되었다. 전옥서의 관리가 오봉을 따로 빼내는가 싶더니, 머리에 검은 천을 씌워 어딘가로 끌고 나갔다.

오봉이 영문 모르고 도착한 곳에는 서창집과 그 무리가 모여 있었다.

"이, 이, 육시랄 놈!"

분노한 서창집이 직접 칼을 들고 오봉을 베러 나섰다.

오봉이 다급하게 외쳤다.

"임금의 고양이가 어디 있는지 들었습니다! 제가 알고 있습니다!"

서창집이 칼을 거두었다.

"하, 한 번만 더 기회를 주시면…!"
"안내하거라. 당장!"

고양이도 있고 범도 있다[8]

산 중턱에 위치한 초가집 마당, 할아범이 흙바닥에 앉아 짚을 꼬고 있었다. 싸리 울타리 아래에 몸을 숨긴 쪼깐이와 묘마마가 그 모습을 바라봤다. 뒤편의 산길에서 나타난 변상벽이 낮은 포복으로 조용히 기어 오더니 일행에 합류했다.

"아직 그대로더냐?"
"예. 나리, 어떻게 할까요? 제, 제가 먼저 덮칠깝쇼?"

쪼깐이가 변가권법 기본 자세를 취하고 속삭였다.

"기다리거라, 할멈이 같이 있을 수도 있으니. 일단은 익위사를 기다리는 편이…."

긴장한 둘을 보며 묘마마가 코웃음을 쳤다.

"정말로 저 노인한테 장정 둘이 당했었단 말인가요?"
"모르는 소리, 저들은 무시무시한 효잣골 까마귀…"

8 세상에는 선한 사람도 있지만 악한 사람도 있다는 뜻의 속담.

그때 할아범이 "에구구." 소리와 함께 허리를 짚으며 일어났다. 걷기만 해도 숨이 찬지 마루까지 가는 데 보통 사람의 곱절이 걸렸다.

"야, 여 나와 보기요. 손님 왔슴메."

손님? 변상벽 일행이 두리번거려 봤지만, 인근엔 자신들 말고는 아무도 보이지 않았다. 할아범이 안방 문을 열며 재차 외치자, 방 안에 있던 할멈의 모습이 나타났다.

"무시기?!"

"손님 왔다이! 손님!"

"저 아바이가 뒈질 때가 됐나. 오긴 뉘기 왔다는 거나? 저승사자라도 봤슴메?"

"이 아마이가 이제 눈까리도 맛이 갔슴메? 쿵. 울타리 뒤에 숨은 년놈들 안 보임메?!"

울타리 뒤에 숨은 년놈들이 숨을 죽였다. 할멈이 마루로 나와 고개를 빼고 둘러보더니 외쳤다.

"응? 저거 그때 그놈들 아님메? 맞지비?! 왔으면 들어들 오라, 왜 안방도 아닌 데서 디베져 있니?!"

멋쩍은 표정의 변상벽 일행이 옷을 탁탁 털며 마당으로 들어섰다. 그와 동시에 모두의 눈길이 한곳으로 쏠렸다.

"저, 저기!"

할멈을 따라 마루로 나온 고양이가 있었다. 늘어져라 기지개를 켜곤 드러눕는 중인 고양이. 비록 소문과는 달리 털빛은 금색 아닌 누런색이었지만, 그토록 찾아 헤맸던 임금의 고양이.

금손이였다.

묘마마가 저도 모르게 뛰어가 잡으려 하자, 변상벽이 손목을 잡아 말렸다. 그러곤 고개를 저으며 눈짓으로 무언가를 가리켰다. 평범하기 그지없는 초가 마루 아래와 천장에, 검과 활을 비롯한 각종 무기들이 보였다.

변상벽이 그 자리에 멈춰 선 채로 말했다.

"풍경 좋은 곳에 사시는군요."

"뭐이라니?!"

할멈이 자신의 하나뿐인 귀를 가리키자, 변상벽이 목청을 돋웠다.

"풍경 좋다구요!"

"개뿔이, 풍경이 밥 먹여 주니?! 산중에 뱃놀이라도 왔슴? 썩을 놈들이, 살려 줬더니 기어이 하나를 더 데꼬 오고. 아이고 귀찮아 죽겠다이."

"저희는 대사헌이 보낸 이들이 아닙니다! 그때도 그 얘기를 하려고 한 건데 입이 막혀 가지고!"

"알어, 알어! 그랬다면 니들이 지금 거기 그러고 서 있을 수 있겠니? 누가 보냈든 그건 중요치가 않다이. 어차피 목적은 똑같지 않슴?"

변상벽의 시선이 금손이에게 향했다. 금손이는 건강해 보였다. 산중에서 지내서인지 꾀죄죄한 감은 있었으나, 노인네들이 뭘 얼마나 먹였는진 몰라도, 방문에 그려져 있던 모습에 비해 훨씬 살이 찐 포동포동한 상태였다. 함부로 다루어지거나 괴롭힘을 당한 것 같진 않았다.

변상벽이 물었다.

"도망쳤다던 금손이가 왜 거기 있는 것이오?"
"뻥임."
"뻥?"
"거짓말이란 말임!"

할아범과 할멈이 번갈아 가며 대답을 하곤, 자기들끼리 낄낄대며 웃었다.

"이유가 뭐요?"
"무슨 이유?"
"본래 약조한 대로 죽이지 않고, 몰래 데리고 있다는 건… 임금에게 몸값을 받을 요량이오?"
"몸값? 이놈의 고양이가 천금 만금어치라도 된다니?"
"그럼 도대체, 왜?!"

노부부의 대답은 단순하고 확실했다.

"귀엽잖슴."

"뭐요?"

노부부 자객이 궐내 금손의 처소에 잠입했던 날, 그들은 금손이에게 첫눈에 반했다. 애초에 죽일 생각은 하지도 못했다. 한참을 금손이와 놀아 주다 보니, 문득 데려가면 어떨까 하는 생각이 들었다.

할아범이 말했다.

"여생을 어찌할까 고민이 많았지. 사람 새끼는 이제 키우기가 싫으니, 큥, 임금의 고양이는 어떨까 했습."

"아니, 사방에 널린 게 고양이인데! 금손이는 단순한 고양이가 아니잖소."

"순님이."

"뭐요?"

"순님이, 이제 금손이가 아이라."

"이름이야 어떻든!"

"그보다는 온 김에 이 얼라나 좀 데려가기요."

"얼라?"

방 안에서 웬 여자아이 하나가 마루로 나왔다. 묘마마가 눈이 동그래져서 아이의 이름을 외쳤다.

"마, 말년아!"

"언니!"

여자아이는 말생의 누나였다. 말년이는 묘마마에게 반갑게 다가가려다가, 움찔하며 멈춰 섰다. 묘마마의 곁에 선 변상벽을 알아본 것이었다. 변상벽도 말년을 알아볼 수 있었다. 노름장에서 보았던 양민 아비의 딸이었던 것이다.

남매의 아비는 노름으로 살림이 궁핍해지자, 일할 줄 모르고 먹을 줄만 아는 말생은 내다 버리고, 딸인 말년은 남겨 두어 식모처럼 부렸다. 말년은 틈만 나면 빈민촌을 찾아 굶주린 동생에게 먹을 것을 나눠 주었고, 묘마마와도 만나게 되었다. 그런데 어느 날부터 말년이가 보이질 않았으니, 마침내 노름으로 가진 것을 모두 잃은 아비가, 딸마저 노름장에 팔아넘긴 것이었다. 노름장에는 말년이 말고도 팔려 오거나 잡혀 온 또 다른 유기아들이 있었다. 이들과 함께 도성 밖으로 옮겨지던 말년이는 무뢰배가 잠깐 한눈을 파는 사이, 도망을 쳐 수풀 안에 몸을 숨겼다. 그 수풀 안에 금손이가 있었다.

금손이가 그곳에 있었던 이유는 앞서 노부부가 말했던 그대로였다. 노부부는 자루 안에서 도망쳐 나간 금손을 찾아 수풀을 헤치던 중이었는데, 웬 여자아이 하나가 금손이를 안은 채 입에 손가락을 대었다.

“쉿!”

웬 놈들인지는 몰라도 여자아이를 쫓는 무뢰한 두 놈이 수풀 속에 있었다. 노부부는 여자아이와 금손이를 데리고 나무 뒤에 숨었다.

"매옹."

그 소리에 고개를 돌린 무뢰배가, 노부부의 일격에 정신을 잃고 쓰러졌다. 금손이를 꼭 안은 여자아이는 다리를 삐어서인지 절뚝이고 있었다. 할멈과 할아범이 중얼거렸다.

"꼬였다이…."
"꼬였지비…."

그 이후로 금손이도 말년이도 이곳 산중에서 노부부와 함께 지내게 되었던 것이다. 할아범이 말했다.

"킁, 다리도 다 나았으니 이제 좀 가거라. 응?"

말년이 되물었다.

"그럼 순님이는요?"
"이 보라. 이 순님이랑 정들어서 안 간다고 난리야. 킁, 자네들이랑 아는 사이 같은데, 야 쫌 데려가라이!"

묘마마가 조심히 나섰다.

"말년아. 그래, 일단 이리 와라. 괜찮다."

말년이 변상벽을 경계하며 묘마마에게 다가가 안겼다. 변상벽은 변명이라도 해 보려다가 말을 아꼈다. 그리고 이곳에 온 이유를 다시 새겼다.

"금손이도 돌려주시오."

"어째 그러니?"

"지금 금손이가 사라져서 어떤 사달이 났는 줄이나 아시오? 이 나라에 큰 화가 닥칠지도 모르는 상황이니, 긴히 부탁하건대 내주시오."

할멈이 코웃음을 쳤다.

"여기 오는 길에 봤겠지. 인근에 묫자리가 몇 있슴."

변상벽이 끄덕였다.

"내 살던 함경에선 말이지. 기근만 오면 탐오한 관아 놈들이 배식을 죄다 빼돌리니, 굶다 못한 사램이 감자 몇 알 훔치다 맞아 죽기도 했다이. 그게 내 아들내미래. 며느리와 애들도 나랏일 한다는 양반 놈들에게 기어쿠 맞아 죽었고."

할멈이 말을 이었다.

"풍경이 좋다고 했니? 그래. 거기 묫자리 풍경이 참 좋다이. 일부러 가지다 눕힌 거이다. 죽어서는 나라님도, 양반 놈들도 실컷 내려다보라 한 거임."

"…."

"야. 나라가 일평생 우리한테 이리했는데, 우리가 왜 나라의 사정을 봐줘야 하니? 임금의 고양이라서 일부러 데려왔으니, 우리 순님이를 가지가고 싶으믄 노구 둘을 베어야 할 거이다."

마루에 앉은 할멈이 금손이를 쓰다듬으며 내뱉은 말에 선뜻 대꾸하기가 힘들었다. 변상벽은 허리춤에 찬 쇠도리깨를 만지작거리며, 결국 익위사들을 기다렸다가 무력으로 제압할 수밖에 없는 것인지 고민했다.

그때 가만히 듣고만 있던 묘마마가 불쑥 노부부 자객 곁으로 다가갔다. 변상벽과 쪼깐이가 막기엔 이미 늦었다.

"저, 저… 어딜."

묘마마의 손에는 무기가 아닌 고양이 간식이 들려 있었다. 할멈도 할아범도 묘마마를 굳이 말리지 않았다.

"매애옹."

냄새를 맡은 금손이가 마루 아래 디딤돌로 내려와 간식을 받아먹었다. 이내 금손이가 묘마마에게 몸을 비볐다. 사람 손을 오래 탄 고양이다웠다. 노부부 자객은 조용히 관심을 갖고 지켜보았다. 금손이를 쓰다듬던 묘마마가 말했다.

"사람에게나 그런 것 아닙니까?"
"무시기?"
"임금이 중한 것도, 나라가 괘씸한 것도, 모두 사람에게나 그런 것 아닙니까? 사람에게나 임금이지 금손이에게는 그저 가족일 테니, 으리으리한 궁궐도 제집일 뿐이지 않겠습니까? 나라님이 밉고, 양반 놈들이 밉고, 세상만사가 미운 거지, 이

고양이한테 무슨 죄가 있습니까?"

"…."

"금손이, 아니 순님이를 정녕 아끼신다면 본래의 집과 가족에게 돌려보내 주는 것이 어떻겠습니까?"

한동안 침묵이 흘렀다. 노부부는 말없이 금손이를 바라보기만 했고, 변상벽은 이 침묵이 긍정인지 부정인 건지 추측하기 바빴다. 사람들의 속을 아는지 모르는지 금손이는 제 발만 핥고 있었다. 할멈과 할아범이 서로에게 짧게 고개를 끄덕였다.

"끙."

힘겹게 자리에서 일어난 할멈이 금손이를 안아 올렸다. 금손이가 길게 떡처럼 늘어났다.

"매애오."

할멈이 마땅찮다는 표정으로 금손이를 살펴보더니 한마디 했다.

"말랐다이."

누가 봐도 포동포동했다.

"말라서 볼품이 읍슴메. 갖다 버리야지…."

금손이를 내려놓은 할멈이 등 돌리고 앉아 손을 휘저었다. 그러자 할아범이 금손이를 들고 마당으로 나왔다.

"그래…. 데리고 있어 봤자, 킁. 콧물에 기침에 힘

들기만 하다이."

변상벽과 묘마마가 어리둥절해하며 마주 보았다. 변상벽이 할아범에게 조심스레 물었다.

"저, 정말이오?"
"…."

할아범이 망설이자, 할멈이 등을 돌린 채로 외쳤다.

"그래! 가지가. 훌쩍, 오해하지 말라. 진즉에 내다 버리려던 거 저 얼라 때메 가지고 있었던 거이니!"
"아까는 우리 순님이 데려가려면 노구 둘을 베라고…"
"야! 아니 가져가니?!"

묘마마가 금손이를 받아 안았다. 품에 편히 안긴 금손이가 남은 간식을 마저 먹었다. 할멈이 킁 하고 바닥에 코를 풀었다. 묘비구 때문인지 아닌지 눈시울이 붉어져 있었다. 할아범도 발걸음이 떨어지지 않는지 한참을 바라보다가 겨우 시선을 돌렸다. 이제야 긴장이 풀린 변상벽의 온몸에서 기운이 다 빠졌다. 힘을 쓰지 않고 문제를 해결할 수 있었다는 것이 놀라우면서도, 한편으로는 낯설게만 느껴졌다.

"고맙소. 우리가 반드시…."

변상벽이 두 노인에게 어색한 감사의 인사를 전할 때였다.

타앙! 탕, 타앙!

벼락같은 소리가 산 전체를 휘감으며 메아리쳤다. 놀란 변상벽 일행은 제자리에서 굳어 버렸다. 금손이 또한 펄쩍 뛰어 우다다 건넌방으로 들어갔다.

"갑자기 천둥이…?!"

두리번대던 일행의 시선이 한곳에 모였다. 마당에 고꾸라져 있는 할아범과 할멈이 보였다. 그제야 모두가 방금 들은 것은 천둥소리가 아니라 총소리라는 것을 깨달았다. 놀란 변상벽이 뒤를 돌아보자, 담 너머에서 나타난 총 든 군관들이 재차 총탄을 장전하고 있었다.

"안으로 피해!"

변상벽의 외침에 모두가 허겁지겁 안방으로 뛰어 들어갔다. 말년만이 건넌방에 숨어 있던 금손이를 데리고 오느라 한발 늦게 안방으로 향했는데, 부서진 마룻바닥에 발이 빠져 꼼짝하지 못하게 되어 버렸다.

"말년아!"

묘마마가 외침과 동시에, 변상벽이 말년을 향해 제 몸을 날렸다. 총성이 울려 댔다. 허름한 초가는 총알을 버텨 내기에 충분하지 않았다. 사방으로 튄 총알로 인해 집기들이 부서져 내렸다.

간발의 차이, 변상벽은 금손이를 안은 말년이와 함께 안방 안으로 몸을 피했다.

변상벽이 말년에게 물었다.

"괜찮느…냐?"
"묘, 묘마마! 묘마마!"

놀란 말년이가 대답 대신 묘마마를 불렀다. 말년이의 팔에 피가 묻어 있었다. 총알에 관통당한 변상벽의 어깻죽지에서 흘러나온 피였다.

"아이고, 나리!"

쪼깐이와 묘마마도 변상벽의 총상을 확인했지만, 어째야 할 줄 몰라 발만 동동 굴렀다.

"좀 스친 것뿐이다. 괜찮… 윽."

변상벽은 걱정 말라며 어깨를 슬쩍 들어 보였지만, 베인 듯한 아픔 탓에 눈에 눈물만 잔뜩 고였다.

총소리로 인한 메아리가 잦아들자, 마당에서 누군가 외쳤다.

"잘도 숨어 있었구나! 배은망덕한 까마귀 놈들."

총을 든 군관들 뒤로, 말을 탄 서창집이 직접 모습을 드러냈다. 서창집의 표정은 굳어 있었다. 애초에 이렇게까지 꼬일 일이 아니었다. 어중이떠중이에게 맡겨서는 될 일도 안 된다는 것을 이번에 깊이 깨달았다. 직접 나서기로 한 이상 확실히 처리해야만 했다. 아주 작은 빌미라고 해도 후환거리가 될 만하다면 모두 죽여 없애야 한다는 것이 그의 뜻이었다. 총을 든 군관들까지 동원했다는 점이 그 결심을 여실히 보여 주었다.

서창집이 방 안에 숨은 변상벽 일행에게 외쳤다.

"거기! 임금의 고양이를 내어놓거라. 누구든 가져오는 자의 목숨만은 살려 주마."

변상벽이 벽에 난 틈으로 밖을 살폈다. 곱게 도망치기에는 저쪽의 수가 많았다. 익위사가 아직 산을 내려가지 못했다면 아까의 총소리를 들었을 것이었다. 누군가가 나서서 최대한 시간을 끄는 수밖에 없었다.

변상벽이 외쳤다.

"할 일이 참으로 없나 보오! 상참(常參)에 오르신 분께서 고양이 찾겠다고 산중에까지 오시니!"

"누구냐? 아, 자네가 그 포교인가? 오봉의 뒷배였다던?"

"맞소. 그쪽은 대사헌이라지? 역적의 앞배라던?"

서창집이 표정을 구겼다.

"네놈이, 매를 버는구나."

"내 그런 말 좀 듣소."

변상벽이 품 안에 베개를 넣어 금손이를 품은 듯한 모양새를 만들었다.

묘마마가 물었다.

"그걸로 뭘 어찌하시려구요?"
"내 잘하는 거라곤 허풍 떨기뿐이니, 최대한 이목을 끌어 보겠소. 그 틈에 도망을 가시오. 그리고 쪼깐아."
"예, 나으리."
"목숨부터 보전하거라."

결심한 변상벽이 베개로 만든 금손이를 품에 안고 방 밖으로 나왔다.

"이놈들아! 고양이는 여기…"
"에이구! 삭신이야! 어째서 죄다 버릇들이 없니…."

총에 맞아 쓰러졌던 할멈과 할아범이 언제 무슨 일이 있었냐는 듯 툭툭 털고 자리에서 일어섰다. 찢어진 옷 사이로 무명을 여러 겹 덧대어 만든 면제갑옷이 드러났다.

"허! 목숨이 질긴…."

서창집이 말을 하다 멈췄다. 할아범이 마루 아래에서 온갖 무기를 꺼내기 시작했기 때문이었다. 검과 창뿐만 아니라 철퇴와 언월도까지 나왔다. 할멈이 천장에 달린 문을 열자 활과 화살통이 우르르 쏟아져 내렸다. 두 노인이 뒷간에서 일 보고 옷매무새 다듬는 듯 태연히 무장하는 모습을, 내 편 네 편 할 것 없이 모두가 멍하니 바라보고만 있었다.

할멈이 화살통을 허리에 대충 둘러매며 변상벽에게 말했다.

“니들은 뭘 보고 섰니?”

“늙은이라 오래는 못 버틴다이. 어시래 가라.”

언월도를 든 할아범이 총을 든 군관들 앞으로 태연히 걸어 나갔다. 망설이고 있는 변상벽 일행을 향해 할멈이 손을 내저었다.

“어시래 가래두!”

변상벽이 주춤거리던 모두를 데리고 초가집 뒷마당과 이어지는 산속 길로 내달렸다.

그제야 정신이 든 서창집이 외쳤다.

“뭣들 하느냐! 살려 두지 마라! 단 한 놈도.”

총을 든 군관이 금손이를 들고 도망치는 묘마마를 향해 총을 겨누는데, 퍽! 어느새 날아온 할멈의 화살이 군관의 팔에 꽂혔다. 언월도를 든 할아범은 좀 전과는 비교도 안 될 날랜 속도로, 총 든 군관들 가운데로 뛰어 들어갔다.

총소리와 비명 소리가 다시 한번 필운산에 연달아 메아리쳤다.

*

변상벽 일행은 험준한 산길을 따라 한참 동안 정신없이 도망쳤다. 점점 분명하게 느껴지는 총상의 고통에 변상벽이 비틀거렸다. 오래지 않아 총알이 머리 위로 날아들기 시작했다. 군관들 몇 명이 따라붙은 것이었다. 그 와중에 발을 잘못 디딘 쪼깐이가 홀로 비탈 아래 개울가로 떨어져 버렸다.

"쪼깐아!"

묘마마와 변상벽이 걱정스레 비탈 아래를 살폈다. 잠시 후 쪼깐이의 목소리가 들려왔다.

"저 무탈합니다! 먼저들 가십쇼. 함께 가려 했던 곳으로 뒤따라가겠습니다."
"그, 그래. 여의치 않으면 바로 산을 내려가거라!"

변상벽과 남은 일행이 다시 뛰었다. 쪼깐이는 별문제 없다고 말했지만 실은 깨진 무릎에서 피가 줄줄 흘렀다. 인근의 개울에서 피를 닦아 내고 있는데, 건너편에서 큼지막한 대도를 어깨에 걸친 사내가 모습을 드러냈다.

"켈켈. 어딜 가겠다는 것이냐? 종놈아."

익숙한 노안, 오봉이었다.

말을 탄 군관들이 산길을 따라 추격해 왔다. 변상벽과 말년이, 그리고 자루에 금손이를 담은 묘마마가 이들을 피해 잠시 풀숲에 몸을 숨겼다. 맨바닥에 구르고 나뭇가지에 찢겨 온몸이 엉망이었다. 군관들이 멀어지자 묘마마가 자신의 치맛자락을 길게 찢으며 말했다.

"그 팔, 내미시오."

변상벽이 자신의 팔을 쳐다보았다. 간단히 지혈하느라 묶어 둔 옷자락이 붉게 젖어 너덜거렸다. 묘마마가 찢어 낸 치맛자락으로 변상벽 어깨 주위를 꼭 둘러매었다. 짧게 신음이 나왔다.

변상벽이 아래로 난 산길 쪽을 쳐다보았다. 지금 산을 내려가기는 어려울 듯했다. 아무리 빨리 달린다고 해도 말을 탄 군관들에게 잡힐 것이 분명했다. 이번엔 산등성이 쪽을 바라보았다. 혹시 모를 추격전을 예상해 계획한 바가 있었다. 하지만 그 상대가 총을 든 군관들이 될 줄은 몰랐다. 게다가 산을 타야 하는데 말년이까지 있었다. 변상벽이 자루에서 금손이를 꺼낸 뒤, 대신 돌멩이들을 집어넣었다.

"여기서부턴 내가 저들을 유인하겠소. 틈을 노려 산 아래로 피하시오."

"어찌 그럽니까? 저희도 돕겠습니다."

"아니오. 쪼깐이가 없으니, 계획을 바꾸어야겠소."

"산을 타는 거라면, 저도 할 수 있습니다."

눈치를 챈 말년이 의욕적으로 끼어들었다. 변상벽이 잠시 말문이 막힌 사이, 묘마마가 말했다.

"맞습니다! 여기까지 왔는데 우리끼리는 못 내려가겠습니다."

"매옹매!"

묘마마의 품에 안긴 금손이도 호응했다. 난처했다. 묘마마의 고집을 겪어 본 변상벽이었다. 그때 풀숲을 뒤지는 군관들의 소리가 들려왔다. 변상벽이 품에 있던 작은 단검을 건네며 말했다.

"그럼 묘마마 자네도 약속하시오. 여의치 않게 되면, 난 신경 쓰지 말고 바로 산을 내려가기로."

"… 저, 순덕입니다."

"응?"

"임순덕이 제 이름이란 말입니다."

어른들의 갑작스런 통성명에, 가운데 끼어 있던 말년이가 괜히 눈치를 봤다.

"저는 박말년…"

"부탁하오."

말년이의 머리를 다독인 변상벽이 벌떡 일어나더니, 주위의 이목을 끌며 요란하게 달리기 시작했다.

"저기다!"

주변의 군관들이 이를 발견하고 따라붙었다. 그 틈에 금손이를 안은 묘마마와 말년이가 전속력으로 산을 뛰어오르기 시작했다.

묘마마가 중얼거렸다.

"조금만 버티시오. 조금만…!"

한편, 그 시각 쪼깐이는 대도를 흔들며 다가오는 오봉과 마주했다. 그 위용에 겁이 날 법도 한데, 두려워 떨기는커녕 변상벽에게 받은 쇠도리깨를 한 손에 꼭 쥘 뿐이었다. 그랬다. 쪼깐이에게는 변가권법이 있었다. 쪼깐이가 크게 숨을 한 번 내쉬더니 자세를 잡았다.

"하앗!"

팔을 앞뒤로 크게 휘저은 뒤 두 주먹을 가슴 앞으로 뻗고, 한쪽 다리로 서는 자세였다. 비록 균형을 잡기 힘들어 비틀거렸지만 그 진지함만큼은 고수의 것이었다.

"너, 뭐 하니?"
"변가권법 제1 초식, 청룡각!"

쪼깐이가 오봉에게 앞차기를 선보였다. 더 이상 다가오지 말라는 위협의 용도였지만, 개울물만 몇 방울 튀었다. 오봉이 어이없어하며 비웃었다.

쪼깐이의 이마에 땀이 송골송골 맺혔다.

변상벽의 등 뒤에서 연신 총소리가 울렸다. 그럼에도 변상벽은 멈추지 않고 달렸다. 발을 헛디뎌 내리막을 굴렀고, 그사이 어깨의 상처가 벌어져 피가 새어 나왔지만, 산속을 이리저리 오가며 군관들의 주의를 끌었다.

마침내 그가 향한 곳은 커다란 바위들이 작은 협곡을 이룬 바윗길이었다. 길의 끝까지 가자 높은 바위들로 인해 사방이 막힌 공터가 나타났다. 더 이상 도망칠 곳이 없었다. 곧이어 총을 든 군관들이 공터 안으로 따라 들어왔다. 바위를 등지고 선 변상벽은 그야말로 독 안에 든, 아니 바위 안에 든 쥐 신세였다.

"워, 워."

말을 탄 서창집이 군관들 뒤에서 유유히 모습을 드러냈다.

"산중이라 그런지 벌써 해가 지는군."

"…."

"임금도 그렇고 자네들도, 고작 고양이 한 마리 때문에 이 무슨 난리인가? 이쯤에서 순순히 내놓는다면 특별히 벼슬자리를 하나 약조하지."

"벼슬을… 말이오?"

"내 이미 얘기는 들었네. 변씨 가문 얼자라고. 자네가 평생 기를 써도 얻을 수 없는 요직으로다 마련해 주지."

"그럼… 포청 종사관도 됩니까요?"

"하! 어디 종사관이 요직이던가? 내 추천이라면 참상관직도 꿈은 아닐 것이야. 대신, 말만 몇 마디 좀 해 주면 되네."

"무슨 말을 말이오?"

"이를테면, 세자와 그 측근들이 임금의 고양이를 어찌 잡아다 죽였는지 같은 거 말일세. 하라는 대로만 하면 될 걸세."

"… 뭐, 좋소. 그 정도라면 따라 드려야지요. 그깟 고양이가 뭐라고."

변상벽이 품에 안고 있던 자루를 꺼내 들었다.

"껄껄. 제법 말이 통하는구나."

"헌데… 조금 큰 고양이도 받아 주시는지요?"

"뭣이?"

변상벽이 고개로 서창집의 어깨 너머를 가리켰다. 서창집이 돌아보자, 바위의 틈새, 어둠 속에서 푸른 안광이 번쩍였다.

"으르릉!"

호랑이가 나타났다. 낮게 진동하는 울음소리에 말이 동요하여 요동을 쳤다. 말 위에 올라타 있던 서창집이 바닥으로 볼품없이 꼬꾸라졌다. 잔뜩 겁을 먹은 군관들은 호랑이를 향해 총구를 겨누었지만, 이내 사방에서 호랑이의 으르렁거림이 들리기 시작하자 어찌할 바를 몰랐다. 몸을 일으킨 서창집이 그제야 주변을 둘러보니 곳곳에 호식총들이 보였다. 호랑이의 식탁에 올라온 것이나 다름없었다.

다급해진 서창집이 직접 검을 뽑아 들고, 변상벽에게 향했다.

"네 이놈! 어서 고양이를…!"

변상벽이, 들고 있던 가짜 금손이 자루 안에 든 것을 바닥에 쏟아 버렸다. 돌멩이들이 우수수 떨어졌다. 그것이 신호였다.

"지금일세!"

산을 타고 넘어 바위 위에 올라와 있던 묘마마와 말년이가 나무에 묶어 둔 끈들을 잘라 냈다. 그러자 서창집 무리의 머리 위로, 매달려 있던 포대 자루들이 떨어졌다. 놀란 서창집이 날아드는 포대를 베어 버리자, 주변 모두가 그 안에 가득 들어 있던 말린 풀들을 뒤집어쓰게 되고 말았다.

"이 무슨!?"

그 풀들은 봉식이에게 새로 얻어 온 신선한 청나라산 개박하였다. 호랑이가 개박하 향에 반응해 고개를 돌렸다. 뒤늦게 상황을 파악한 서창집과 군관들이 몸에 잔뜩 묻은 개박하를 털어 내려 했지만, 흥분한 호랑이는 이미 서창집과 군관들 사이를 헤집고 들어왔다.

"뭣들 하느냐! 쏴라, 쏴!"

서창집의 외침에도, 기겁을 한 군관들은 총도 검도 모두 던져 버리고 뿔뿔이 흩어져 도망치기 바빴다.

"이, 이런 멍청한 놈들!"

금방이라도 사지를 찢을 듯 달려들던 호랑이가 갑자기 멈춰 서더니, 바닥에 떨어진 개박하 향을 맡느라 킁킁거렸다. 기회다 싶었던 서창집이 떨어진 총을 주워 들고 장전을 시작하였다.

화약을 총구에 붓고, 납탄을 총구에 넣고, 기다란 삭장으로 밀어 넣은 뒤, 종이를 총구 안으로 넣고, 총을 흔들어 점화용 화약과 발사용 화약을 섞고, 화약 접시의 뚜껑을 닫고, 납탄을 때리게 되는 용두에 심지인 화승을 꽂은 뒤, 불을 붙이려 입김을 불었다.

"호오~ 호오~"

너무 오래 걸렸다.

순식간에 달려든 호랑이가 서창집을 덮쳤다.

"으아악!"

그사이, 바위 위에 있던 묘마마와 말년이가 줄을 내려 변상벽을 끌어 올렸다. 호랑이로부터 몸을 피한 변상벽이 호랑이와 함께 뒹구는 서창집을 보며 외쳤다.

"오해는 마시오! 기분이 좋아서 그러는 거라 하니!"

개박하에 잔뜩 취한 호랑이가 서창집에게 몸을 마구 비벼 댔다. 서창집은 실신하고야 말았다.

어느새 해가 거의 져 가고 있었다. 총소리를 듣고

현장에 도착한 익위사가 곳곳에서 서창집과 그 잔당들을 제압했다. 한숨을 돌린 변상벽과 묘마마가 노부부 자객의 초가로 돌아왔다. 노부부 자객의 시체는 발견되지 않았다고 했다. 또다시 어디론가 사라진 것이었다.

"나으리!"

쪼깐이였다. 변상벽의 입이 떡 벌어졌다. 쪼깐이가 오봉을 오랏줄에 묶어 데려온 것이었다. 얻어터진 오봉의 얼굴이 퉁퉁 부어 있었다.

"너… 괜찮으냐? 이게 어떻게 된 일이냐?"
"헤헤. 나리께 배운 변가권법으로 손을 봐 주었습니다요!"
"그게… 통했단 말이냐?"

쪼깐이가 대답 대신 변가권법의 화려한 발 차기로 세리머니를 해 보였다.

묘마마가 초가에 도착한 세자에게 금손이를 건넸다. 세자가 조심스레 금손이를 안아 들었다. 그토록 기다려 왔던 금손이와의 조우였다. 그 마음을 알기라도 하는지 품에 안긴 금손이가 가만히 세자를 올려다보았다.

"애옹."

연신 코를 훌쩍이는 세자의 눈시울이 촉촉이 젖었다.

*

세자가 금손이와 함께 입궐했다는 소식에, 가만히 기다리고 있을 수만은 없었던 임금이 버선발로 숙정문까지 나섰다.

"매애옹~"

노란 털빛의 고양이가 세자의 품에 안겨 있었다. 의심할 여지 없이 금손이었다. 조금 포동해지긴 했지만.

"정녕 금손이로구나, 금손이야! 내 살아생전에는 이제 못 보는 줄 알았건만, 너를 다시 보는구나!"

집에 돌아온 것을 금손도 알았는지, 몸통을 길게 늘여 그간의 피로를 풀기라도 하려는 듯 기지개를 켜더니, 이내 임금에게 몸을 비비적거리며 반가움을 표했다.

그제야 임금이 세자를 살폈다. 금손을 안고 단걸음에 달려왔는지 복장도 제대로 갖추지 못한 상태였다. 그러나 표정은 밝았다. 한눈에 봐도 세자의 증상은 전보다 훨씬 덜했다.

"네가 수고가 많았구나."

세자가 고개를 숙였다.

"망극하옵니다."

먼저 잡혀 온 금손의 담당 궁인이 의금부에서 모든 것을 있는 대로 실토했다. 임금은 사건의 전체 내막을 알게 되었고, 궁인의 증언에 대한 실질적 증좌인 금손이는 임금 곁으로 돌아왔다. 왕실을 모욕하고 세자의 왕위 계승권을 빼앗으려 했으며, 죄 없는 이들에게 누명까지 씌우려 한 서창집 일당을 남김없이 추포하라는 명이 내려졌다.

곳곳에서 추포된 이들의 숫자가 헤아리기 어려울 정도로 많았다.

이후로 백성들 사이에서는 노래 하나가 유행하기 시작했다. 빈민촌의 아이들이 입을 모아 부르는, 그 노랫말은 이렇게 시작했다.

"임금의 고양이가 나라의 쥐[9]를 잡았네!"

9 쥐를 뜻하는 한자는 '鼠'로, 발음은 '서'이다.

품 안의 고양이

"괘, 괜찮겠지? 이거 너무 막 튀는 건 아니겠지?"

"에이, 나리. 요즘 양반들 이 정도는 다 합니다."

왕명으로 입궐하게 된 변상벽이 동궐의 입구가 보이는 길 건너에서 옷매무새를 가다듬고 있었다. 봉식이에게 선물받은 진품 상아 호패 끈을 늘어뜨리네 마네 하면서 쪼깐이와 대화를 나누었지만, 긴장이 쉬이 사라지진 않았다.

"듣자 하니 임금 기분에 따라 목 떨어지는 건 예사라던데, 입궐하라고 해 놓고 갑자기 기분이 막 나빠지시진 않겠지?"

"나리, 그건 제가 잘 압니다요."

쪼깐이가 바닥에 풀썩 엎드리더니 말을 이었다.

"이렇게 엎드려서, 좋은 말 같으면 '성은이 망극하옵니다~' 하면 되고, 나쁜 말 같으면 '망극하옵니다~' 하면 됩니다요."

변상벽이 그제야 소리를 내며 웃었다.

"하하. 그래, 이놈아. 내가 너한테 배운다."
"헤헤."

그때 익숙한 목소리가 들려왔다.

"걱정 마세요. 변고라도 당하시면 우리 식구들이 제사상은 잘 차려 줄 터이니."
"순덕 누이!"

놀란 쪼깐이가 벌떡 일어나 반겼다. 묘마마와 말년, 말생 남매였다.

"다친 부위는 괜찮으신지요?"

묘마마가 묻자, 변상벽이 팔을 휘휘 저었다.

"걱정해 준 덕에 아주 양호하오. 그보다 자네들 공이 큰데, 홀로 들어가게 되어 부끄럽소."
"괜한 말 마시고, 한몫 단단히 잡아 보답이나 하시지요."

말년이 쭈뼛거리며 변상벽에게 다가왔다.

"저, 이거…."

그러곤 변상벽에게 무언가를 건넸다. 나무를 깎아 만든 고양이가 달린 호패 끈이었다.

"고맙구나."

변상벽이 허리춤에 달고 있던 상아 호패 끈을 떼

내어 쪼깐이에게 주었다. 쪼깐이의 얼굴이 밝아졌다.

고양이 호패 끈을 단 변상벽이 덤덤히 동궐로 향했다.

세자가 먼저 변상벽을 반갑게 맞이했다. 일개 포교인 변상벽이 용안을 마주할 수 있게 된 것은 세자의 추천 덕분이었다.

"잘 왔네. 걱정하지 말게."

"예, 예. 저하."

변상벽이 세자와 함께 임금이 있는 인정전 안으로 들어섰다. 좌우로 늘어선 신하들을 지나쳐 임금의 앞으로 향하는 동안, 위압감이 느껴진 탓에 제대로 걷기가 힘들었다. 마침내 변상벽이 임금의 앞에 머리를 조아렸다.

"그래. 세자를 통해 자네의 공로에 대해 들었네. 좌포청의 포교라고?"

"성은이 망극하옵니다."

"금주령을 어기고 제멋대로 굴다가 정직이 되었고?"

"성은이 망극… 아, 아니 그냥 망극하옵니다."

"허허. 그래. 불편하게 할 생각은 없다. 공이 크니 사사로운 일은 따지지 않으마. 원하는 관직이 있다면 말해 보거라."

변상벽이 잠시 말없이 고민에 빠졌다. 임금을 비롯해 세자와 신료들 모두 조용히 그 대답을 기다리고 있었다.

"냐아옹~"

금손의 울음소리에 변상벽이 저도 모르게 고개를 들어 쳐다보았다. 임금의 품 안에 안겨 세상 편안해 보이는 모습이었다. 마른침을 삼킨 변상벽이 그제야 입을 떼었다.

"소인, 금손을 되찾으며 보고 겪은 것에 대해 주상 전하께 감히 아뢰옵니다."

"말해 보거라."

"길었던 기근으로 부모가 자식을 버리는 일이 흔하니, 저잣거리에선 유기된 아이들이 거리의 고양이와 함께 버려진 잔반을 먹었습니다. 소인, 나라의 녹을 받는 말단으로서 이를 돌보지 못하고 탐오한 모습을 보인 죄가 크옵니다. 엎드려 바라건대 저의 죄를 다스려 본보기를 보이시고…."

변상벽이 머리를 깊이 조아리며 말을 이었다.

"품 안의 고양이를 아끼시듯, 이 나라의 관리들이 거리의 백성을 품어 아낄 수 있도록 살펴 주소서."

일개 포교가 자신의 죄를 고하며 임금에게 전한 목숨 건 직언이었다. 예상을 벗어난 변상벽의 언행에 지켜보던 한 신하가 큰소리를 내었다.

"네 이놈! 감히 어느 안전이라고 하찮은 우견을 밝히느냐! 이놈을 당장…!"
"멈추어라."

좀 전과는 달리 굳은 표정의 임금이 깊은 한숨을 내쉬었다. 그리고 소신을 밝힌 포교와, 자신의 무릎 위에서 비단에 싸여 있는 금손을 바라보았다. 금손은 어느새 곤히 잠들어 있었다.

임금이 말했다.

"묘하구나. 상을 내리려 불렀는데 어찌 벌을 버는가?"

분위기가 무거워지자, 세자가 변상벽의 곁으로 다가가 그를 거들었다.

"전하. 이자가 그동안은 비록 우매하고, 형편없는 망나니 같은 자였을지 모르나…"

변상벽이 힐끗 세자를 쳐다보았다. 아무리 그래도 말이 좀 심하다 싶었다. 세자가 말을 이었다.

"자신의 죄를 고백함으로써 청렴하고자 하고, 극도에 달한 백성의 고통을 불쌍히 여기니, 성은을 베푸셔서 이자를 옳은 곳에 쓰신다면 만인에게 본보기가 될 것이옵니다."
"내 저자의 직언을 듣고 뜻을 굳힌 바가 있으니, 세자는 더 나서지 말라."
"전하…."

임금이 모두가 들을 수 있을 정도의 큰 소리로 말했다.

"들어라! 포교 변상벽을 파직하여, 다른 관리들이 본보기로 삼게끔 해라. 그리고 호조!"

갑작스런 부름에 호조판서가 급히 한 걸음 나왔다.

"예, 전하."

"임금은 백성의 부모로, 백성들의 굶주림은 곧 임금의 굶주림과 같다. 더구나 백성들이 고통에 빠졌음을 알고도 이를 구원하려 하지 않는다면 어찌 부모라 할 수 있겠는가? 선조께서는 두 해의 흉년 때 어공미(御供米)를 내어 굶주린 백성을 구휼하셨다. 호조는 어공미를 덜어 내어 굶주린 백성을 먹이는 물자에 보태게 하라. 또한 연내에 진휼청[10] 사목을 정비하고, 이를 여러 관청에 전달하여 엄수할 것을 신칙하도록 하라."

놀란 신하들의 눈이 동그래졌다. 변상벽과 세자의 얼굴에 화색이 돌았다.

"또한 변상벽 저자를 진휼청의 말단으로 제수하니, 빈민을 직접 돌볼 수 있게 하라."

변상벽이 신료들과 함께 외쳤다.

"성은이 망극하옵니다!"

10 흉년 등으로 굶주린 백성을 구제하기 위해 설치된 관청.

*

"애옹… 애옹…."

몇 년 뒤.

숙종이 60세를 일기로 승하하였다.

금손은 임금의 시신을 모셔 둔 빈전 주변에서 며칠 동안 식음을 전폐하고 애처로이 울기만 하다가, 피골이 상접한 모습으로 결국 그 뒤를 따랐다. 뒤이어 왕위에 오른 세자(경종)가 이를 안타깝게 여겨 숙종의 묘 인근에 금손을 묻어 주게 하였으니,

숙종과 금손에 대한 이야기는 '금묘가(金猫歌)'라는 시로 남았다.

궁중에 황금색 고양이 있었으니
임금께서 사랑하여 고운 이름 주셨네
금묘야 부르면 이내 모습 나타나니
눈 깜짝할 사이에 말귀 알아듣는 듯
기린도 공작도 오히려 멀리하셨건만
금묘 홀로 임금 곁에서 수라 시중 들었다네
낮에는 돌계단에서 조용히 세수하고
추운 밤에는 임금 곁에서 둥글게 몸 말았네
(중략)
궐 분위기 예전과는 달라진 것 알았는지
문 앞에 선 고양이 슬퍼하며 웅크렸네

(중략)
그 소리 몹시 슬퍼 차마 듣기 어려우니
바라보는 사람마다 눈물 뚝뚝 떨구었네
스무 날을 내내 울다 결국 죽고 말았으니
뼈가 다 보이는 몸 차마 볼 수 없어라
비단으로 머리 감싸 상여에 실어 묻어 주니
임금의 능과 지척인 곳이라네
오호라 세상에 드문 일이어라
(중략)
사람들아 고양이 앞에 부끄럽지 아니한가
은혜 모르고 세상 망치는 무리에 끼지 말지어다
기록하는 이들에게 이 말 전하니
금묘의 일 실록에 적어 특별히 기려 주오

- 김시민, '금묘가', 《동포집(東圃集)》(1761)

*

출근한 포졸들이 좌포청 마당에 모두 모여 있었다. 앞에 나선 이 포교가 외쳤다.

"이달의 모범 포졸! 김쪼깐!"

쾌자와 전립 차림을 한 늠름한 포졸, 쪼깐이가 맨 뒷줄에서 걸어 나왔다. 부상으로 받은 신식 육모방망이를 든 쪼깐이가 변가권법으로 세리머니를 펼치자, 포졸들의 환호 소리가 포청 담을 넘었다.

변 대감은 집 안방에 걸린 자랑스러운 가보들을 바라보고 있었다. 그중에는 변상벽이 받아 온 것도 있었는데, 다름 아닌 숙종이 직접 그린 금손이 그림 시리즈였다. 임금 덕후는 흐뭇해했다.

새로운 임금이 오전 업무를 보기 위해 편전에 들어갔다. 그 곁에서는 임금의 호위군인 내금위의 일원이 된 남장 무사가 듬직하게 자리를 지켰다.

문밖에서 상전이 말했다.

"사간원의 변빈 드옵니다."

그사이 소속이 달라진 변빈이 임금에게 보고할 문서를 가지고 안으로 들었다.

어느 깊은 산 중턱에서는 노부부 자객이 여전히 그림을 그리고 있었다. 명쾌한 붓질로 그려지는 그림 속에는 노란 고양이, 금손이가 나비를 쫓으며 산중을 뛰노는 모습이 담겨 있었다.

현판에 '진휼청'이라고 쓰여진 관청의 지붕 꼭대기에서 삼색 고양이 한 마리가 아슬아슬 걷고 있었다. 두 진휼청 관리가 힘겹게 지붕 위로 올랐다.

"쉬이, 여기에 있소."

"제가 더 가까우니, 거기 계세요."

변상벽과 묘마마였다. 행여 놀라게 했다가 삼색 고양이가 떨어지기라도 할까 봐 동작 하나하나가 조심스러웠다. 변상벽이 손에 든 어포로 삼색 고양이를 유인했다. 그사이 반대편에서 묘마마가 천천히 다가갔다.

하지만 삼색 고양이는 그런 둘을 무시해 버리고는 아무렇지 않게 기와를 타고 넘어, 무사히 안마당까지 내려가 버렸다.

"…."

지치고 허탈해진 두 인간만이 지붕 위에 남았다. 누가 먼저랄 것도 없이 헛웃음을 터뜨렸다. 나란히 앉은 변상벽과 묘마마가 해 지는 저녁 한양 도성의 모습을 내려다보았다.

"이것도 뭐, 나쁘지는 않구려."

고양이들과 유기아들이 어울려 놀고 있는 진휼청의 대청 가운데에는, 커다랗게 쓰인 글귀가 걸려 있었다.

[품 안의 고양이를 돌보듯 백성을 돌보라]

추천의 말

곽재식 작가

조선의 역사에 기록된 고양이에 관한 내용 중에 대표로 꼽을 만한 것이 있다면 역시 숙종이 고양이를 좋아했다는 이야기일 것이다. 역사를 소개하는 기사나 방송 프로그램, 재미난 지식을 소개하는 만화나 교양 서적 등을 통해서도 잘 알려진 이야기다. 아는 사람들이라면 친숙하게 여길 이야기일 것이고 모르는 사람들이라면 잠깐 검색해서 살펴본 후에 어쩐지 흐뭇한 기분을 느껴 볼 수 있을 만한 내용이다. 그런 만큼 그 이야기를 접하고 과연 숙종이 고양이를 보면서 하루하루 무슨 생각을 했을지, 그 고양이는 어떤 행동을 했을지,

생생한 세부 사항에 대한 여러 가지 상상에 빠져 본 사람들도 많았을 거라고 생각해 본다. 이런 상상은 역사를 좋아하는 사람, 고양이를 좋아하는 사람, 색다른 이야깃거리를 좋아하는 사람들 모두에게 가치 있다. 머나먼 과거의 기록을 현장감 넘치는 사연으로 접해 보는 즐거움을 주었을 것이기 때문이다. 그런데 그 즐거운 상상이 그대로 실체가 된다면 어떤 느낌일까? 나는 이 책이 거기에 가까운 결과라고 생각한다. 역사의 진실과 귀여운 상상 사이에서 누구나 떠올렸음 직한 장면 장면들, 순간 순간들이 너무나 부드럽게 읽을 수 있는 소설로 완성되었다. 소설을 읽다 보면 편안하고도 유쾌한 세계를 느긋하고도 경쾌하게 돌아보는 시간이 이어진다. 페이지가 넘어가고 사연이 점점 쌓여 간 후에는, 입체적으로 변해 가는 이야기 속에 사람의 감정을 이리저리 흔드는 사연이 더해진다. 어느새 극적인 순간이 터져 나올 때의 짜릿한 즐거움도 느낄 수 있게 된다. 처음에는 햇빛 따뜻한 오후에 하품하는 고양이처럼 편안하게 휴식하듯이 읽을 수 있는 글이지만, 책장을 덮을 때쯤에는 역사 속의 사회상을 다룸으로써 오늘날을 돌아보게 하는 문학의 가치가 마음속에 남게 되는 소설이라고 하겠다. 조선 역사상 가장 유명한 고양이를 다룬 장쾌한 서사시라고 하면 너무 무거운 이야기가 아닐까 싶겠지만, 그런 서사시를 야옹거리는 고양이 목소리로 읽어 준다고 하면 사뭇 다른 느낌이 들 것이다. 웃고 울고 귀여워하다 보면 결국 여운에 잠기게 되는, 그런 책 아닐까 싶다.

작가의 말

'태정태세문단세'까지밖에 모르던 제가 조선시대를 배경으로 한 이야기를 쓰게 될 줄은 몰랐습니다. 그 옛날, 가장 높은 자리에 있던 왕과 가장 낮은 자리에 있던 길고양이의 우정으로 시작되는, 숙종과 금묘에 관한 기록이 그만큼 매력적으로 느껴졌기 때문이었을 겁니다. 뿐만 아닙니다. 고양이를 잘 그려 '변고양이'라는 별칭을 얻었던 화가 변상벽, 수많은 고양이를 돌보며 '묘마마'라 불렸던 여인도 눈길을 끌었습니다. 이 소설에 등장하는 모든 사건과 인물들은 이러한 흥미로운 옛 기록들을 모티브 삼아 작가가 상상력으로 지어낸 허구의 존재입니다.

또한 조선에도 분명히 존재했을 테지만 그간 잘 드러나지는 않았던, 다양한 신분, 연령대, 성별, 장애가 있는 인물을 담아 보고자 노력했습니다.

《성은이 냥극하옵니다》는 애초에 영화 시나리오로 기획했지만 영화화되지 못한 이야기였습니다. 이렇게 귀여운 이야기가 제 컴퓨터 속에만 들어 있어야 한다는 것을 아쉬워하던 때에, 출판사 안전가옥을 만나게 된 것은 큰 행운이었습니다. 소설가로서 초보나 다름없는 제게 세심한 응원과 훌륭한 피드백을 아낌없이 주셨던 신지민 PD님이 아니었다면, 이 책이 완성되었을 리 없다는 걸 잘 알고 있습니다. 또한 큰 응원을 주셨던 윤성훈 PD님, 김보희 PD님, 고혜원 PD님, 안전가옥과의 인연을 만들어 주신 손경화 감독님, 문법의 요정처럼 글을 다듬어 주신 이혜정 편집자님께 감사의 말씀을 드립니다. 그리고 제 글쓰기를 가장 가까이서 함께했던 동료 남순아 감독에게도 특별한 마음을 전합니다.

몇 년 전 함께 살던 고양이와 작별을 했습니다. 첫 장편영화를 찍으며 정신없이 지내는 동안, 병에 걸린 고양이를 잘 돌보지 못한 제 탓이었습니다. 그때의 미안함과 후회가 지금도 마음 한편에 자리하고 있습니다. 제 어깨 위에 올라가는 것을 좋아했던 고양이 '송이'를 생각하며 이 이야기를 썼습니다.

이 책을 쓸 때 도움받은 책들은 다음과 같습니다.

바다루, 《기기묘묘 고양이 한국사》, 서해문집, 2021.
채백, 《조선시대 백성들의 커뮤니케이션》, 컬처룩, 2017.
허남오, 《너희가 포도청을 어찌 아느냐》, 가람기획, 2001.
SOON, 《탐묘인간 New》 4, 〈임금님의 고양이〉 편, 애니북스, 2017.
김시민, 《동포집(東圃集)》, 〈금묘가(金猫歌)〉, 1761.
이익, 《성호사설(星湖僿說)》, 〈만물문(万物門)〉.

프로듀서의 말

《성은이 냥극하옵니다》는 안전가옥에서 출간되는 백승화 감독님의 첫 작품입니다. 〈걷기왕〉, 〈오목소녀〉 등의 독특한 코미디 작품을 연출한 백승화 감독님과 안전가옥은 오리지널 라인업의 장편소설을 작업하고 있었는데요. 작품 회의를 하며 근황을 여쭙던 차에 《성은이 냥극하옵니다》 트리트먼트의 존재를 알게 되어 덥석 출간 제안을 했고, 이렇게 이 작품이 먼저 책으로 나오게 되었습니다. 트리트먼트를 읽자마자, 이 이야기와 사랑에 빠져 버렸거든요.

숙종이 고양이를 좋아하는 임금이었다는 사실은 널리 알려져 있습니다. 임금이 '냥줍'을 하고, 그 고양이의 새끼까지 살뜰히 돌본 훈훈한 이야기는 지금의 고양이 집사들에게도 귀감이 될 만합니다. 이 소재에 착안해 '품 안의 고양이를 아끼듯 거리의 백성을 아끼라'는 주제의 이야기를 조선판 액션 코미디 활극으로 펼쳐 낸 작가님의 필력에 박수를 보내고 싶습니다. 초고부터 몇 번의 수정을 거친 원고에 이르기까지, 읽을 때마다 새로운 재미를 주는 작품이었습니다.

일 잘하는 프로페셔널 PD인 척, 냉철한 표정으로 원고를 읽어 보려 했지만, 첫 장에 적힌 '애옹'에서부터 무장해제되어 작품을 읽는 내내 얼굴에 띤 미소를 감출 수가 없었습니다. 최종고를 받아 마지막 장을 덮을 땐 눈가가 촉촉해졌고요. 어딘가 못났지만 자꾸 정이 가는 성장형 주인공 변상벽, 《변가권법》의 호식만세 자세를 저도 모르게 따라 하게 만들었던 쪼깐이, 닮고 싶은 카리스마와 부드러움을 겸비한 인물 묘마마, 그들에 더해 만담 커플 효잣골 까마귀님들과 은근한 유머 감각이 있는 의외의 조력자 종사관, 동생 바라기 변빈과 유약한 매력의 재채기남 세자, 냥집사 임금까지 작품 속 인물들 모두가 너무나 사랑스러웠습니다. 저 역시 묘비구를 앓으며 고양이 집사로 살아가고 있기에, 금손이를 떠올리는 것만으로도 행복 지수가 올라갈 때가 많았어요. 그래서 마음 한편으로는 이 이야기가 끝나지 않고 계속되길 바라기도 했고요.

영화 트리트먼트를 소설로 집필하는 과정이 쉽지 않으셨을 텐데, 본인만의 스타일로 멋지게 작품을 완성해 주신 백승화 작가님께 감사와 감탄을 보냅니다. '이 작품 저만 좋아하는 건 아닐까요?'라는 괜한 걱정을 치워 버릴 수 있도록 함께 원고를 읽고 의견 주신 안전가옥의 스토리 PD 여러분들께도 고마움을 전합니다. 원고를 가다듬어 주신 이혜정 편집자님과 멋진 디자인을 해 주신 금종각의 디자이너분들께도 감사의 말씀을 드려요.

이 작품을 읽은 독자분들의 마음에 따뜻한 사랑이 피어나길 기원합니다. 고맙습니다.

안전가옥 스토리 PD
신지민 드림

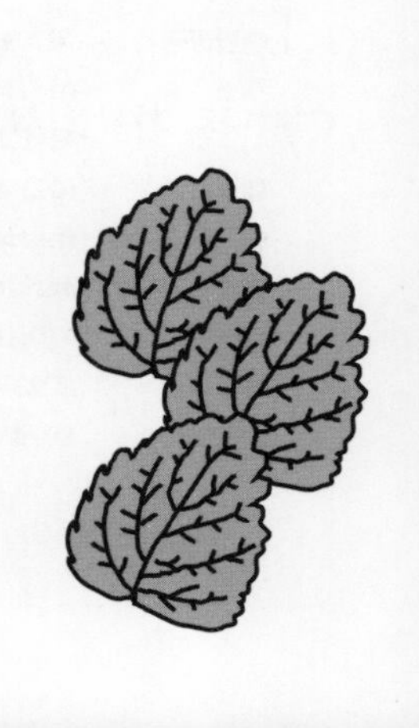

성은이 냥극하옵니다

지은이 백승화
펴낸이 김홍익
펴낸곳 안전가옥

기획 안전가옥
콘텐츠 총괄 이지향
프로듀서 신지민
고혜원 · 김보희 · 윤성훈
이수인 · 이은진 · 임미나
퍼블리싱 박혜신 · 임수빈
편집 이혜정
디자인 금종각
서비스 디자인 김보영
비즈니스 강윤의 · 이기훈
경영지원 홍연화

출판등록 제2018-000005호
주소 (04779) 서울특별시 성동구 뚝섬로1나길 5, 헤이그라운드 성수 시작점 201호
대표전화 (02) 461-0601
전자우편 marketing@safehouse.kr
홈페이지 safehouse.kr
ISBN 979-11-93024-36-2
초판 1쇄 2023년 11월 30일 발행
초판 2쇄 2024년 1월 15일 발행

안전가옥 쇼-트 시리즈

01 심너울 단편집 《땡스 갓, 잇츠 프라이데이》

02 조예은 단편집 《칵테일, 러브, 좀비》

03 한켠 단편집 《까라!》

04 전삼혜 단편집 《위치스 딜리버리》

05 《짝꿍: 듀나×이산화》

06 김여울 경장편 《잘 먹고 잘 싸운다, 캡틴 허니 번》

07 설재인 단편집 《사뭇 강펀치》

08 김청귤 경장편 《재와 물거품》

09 류연웅 경장편 《근본 없는 월드 클래스》

10 범유진 단편집 《아홉수 가위》

11 《짝꿍: 서미애×이두온》

12 배예람 단편집 《좀비즈 어웨이》

13 하승민 경장편 《당신의 신은 얼마》

14 박에스더 경장편 《영매 소녀》

15 김혜영 단편집 《푸르게 빛나는》

16 김혜영 단편집 《그분이 오신다》

17 강민영 경장편 《전력 질주》

18 김달리 경장편 《밀림의 연인들》

19 전삼혜 단편집 《위치스 파이터즈》

20 강화길 단편집 《안진: 세 번의 봄》

21 유재영 경장편 《당신에게 죽음을》

22 해도연 단편집 《위그드라실의 여신들》

23 가언 단편집 《자네 이름은 산초가 좋겠다》

24 백승화 경장편 《성은이 냥극하옵니다》

25 박문영 경장편 《컬러 필드》

26 이하진 경장편 《마지막 증명》(근간)

27 권유수 경장편 《미래 변호사 이난영》(근간)